Det finns ingen ångervecka i himlen

av

mia möller

© **Mia Möller 2017**
Omslag: Målning av Henrik Bjelling
Design och utgivning: Dennis Klarin Design
Förlag: BoD – Books on Demand, Stockholm, Sverige
Tryck: BoD – Books on Demand, Norderstedt, Tyskland

ISBN: 978-91-7569-119-0

Det finns ingen ångervecka i himlen

Jag riktar mitt Tack till Gud,
Som har gett mig något att fundera över

Finns det verkligen ingen ångervecka i himlen?
Är man död… så är man alltså?
Var kommer vi ifrån då?
Skapade Gud verkligen världen? Människorna?
Vem är Gud?
Vad gör han idag när världen ser ut som den gör?
Varför får vi inga svar, många som frågat honom
men får de något svar?
Filosofer och tänkare tiderna igenom har ställt sig
och kanske honom samma fråga - om och om igen.
Jag har inga svar på det.
 Men – Nu tänkte jag att vi skulle se om han kunde
svara på några av dem.

1

"Men man kan inte ångra sig!"
"Det är klart man kan!"
"Nej. Det fattar du väl att du inte kan ångra dig nu?"

"Nä, det fattar jag inte."
"Nä. Jag märker ju det."

Det blir tyst en lång stund.
Han sitter och väntar på att jag ska säga något men jag tänker då inget säga. Jag ångrar mig. Punkt slut. Jag vill tillbaka. Jag tycker inte att det här var bättre alls.

"Men jag vill ju tillbaka, snälla" bönfaller jag till slut.
"Men snälla älskade lilla vän. Det går inte! Och absolut inte nu! Det är försent...
Man får liksom bara en chans. Det är jättesvårt att få en andra chans. Nästan omöjligt! Och absolut inte när man har valt själv."

Han tittar på mig med sina snälla ögon och jag ser ju att han verkligen känner för mig men han kan inget göra fast han borde kunna. Tycker jag!

"Hade du blivit sjuk hade du kunnat ångra dig i sista sekunden.
 Då, har man en möjlighet att vara kvar om man kan påvisa synnerliga skäl.
Då, kan vi stoppa tiden och ta ett snack.

Då, kan man låta läkarna tro sig göra ett mirakel. Då, precis när det sker men inte såhär! Inte flera dagar efteråt. Det har väl gått veckor, eller?" Säger han bestämt och ser på mig rakt i ögonen.

Jag bara nickar lite förstrött medan jag försöker blänga.
"Jo...typ, 3 veckor!" Säger jag.
"Men jag vill inte vara såhär. Jag vill inte vara här alls!" Säger jag och gråten stockar sig som på ett litet barn som inte får godis för det varit olydigt.
Jag ser ner på min kropp. Den glittrar i och för sig ganska fint, men ändå. Jag har en svag blå ton i mitt glimmer.
Jag vill inte vara så här! Jag vill kunna ställa mig och stampa i marken. Om jag hade haft något att stampa i marken med. Jag har ju inga riktiga fötter! Som astral är man bara...nånting!
Ingen riktig kropp. Bara en materia! Som flyter omkring. Som flytande kristaller för man kan se sig i spegeln som något som glimmar. Jag känner inte igen mig alls.
Jag tycker inte om det alls. Jag vill kunna stampa med foten!
Jag sätter mig ner i besöksstolen och suckar ljudligt.

Han reser sig upp och går runt sin stol. Den största kontorsstol jag någonsin sett. Ställer sig bakom den och tar tag i ryggen, häver sig nästan upp på tå och drar ett djupt andetag.

"Om man nu är så dum att man stänger av telefonen. Lägger sig i badkaret med tabletter och häller i sig sprit och samtidigt skär upp sina handleder – DÅ HAR MAN INGEN ÅNGERVECKA!!"

Gråten stannar upp i mig. Oj. Han låter verkligen som när det åskar.

"Du är redan död, du är kremerad och du är begravd. Borta! Inte kan jag göra något åt det nu! Man kan helt enkelt inte komma tillbaka efter det. Hur skulle det se ut om folk gick och dog men inte gjorde det? Hur skulle vi här uppe hålla reda på alla? En del är på väg in och en del på väg ut, va!? Genom samma dörr? Skulle det vara svängdörr till himlen? HA! Löjligt.
Glöm det och gå vidare. Det kan väl inte vara hela världen. Detta var ju faktiskt varken ditt första eller ditt sista liv. Du har så mycket kvar att lära än. Ojojoj, flicka lilla…" säger han, släpper stolen och börjar gå framåt tillbaka. Kliar sig i skäggstubben.
Jag ser att han tänker.
Inte mitt första? Inte mitt sista?
Lever man fler liv, då alltså? Mina tankar snurrar i huvudet. Det huvud som är ett glimmer numera.

Visst fattar jag att det är för sent. Att det här inte alls blev som jag hade tänkt mig. Men det är hans fel. Hade han visat mig innan hur det är att vara död – då hade jag banne mig stannat kvar. Kanske.

Det hade kanske ordnat upp sig. Mitt liv kanske hade ordnat upp sig till sist. Vad vet jag?

Men då kändes det verkligen inte som så. Livet var bara ett stort problem.

Jättestora problem, som att kliva på ett tåg medan det kör 180. Det är inte lätt! Jag kunde inte se alls hur det skulle lösa sig.

Han kunde väl ha gjort sig lite besvär för min skull och kommit innan och varnat mig. Visat mig vilken väg jag skulle ta. Det hör man ju, att folk har mött Gud. Att de har fått frälsning. Att de har hamnat rätt efter en uppenbarelse. Varför då inte jag?

Han kunde väl för sjutton ha skickat en ängel om han nu hade haft viktigare saker för sig då, ordnat med en vikarie.

Jag suckar åter ljudligt.

Om han nu var så märkvärdig att han inte kunde komma själv. Jag räcker ut tungan åt hans rygg där han fortfarande står och kliar sig i skägget. Det som inte alls är vitt som jultomtens. Så det så!

Att man ska behöva dö för att få veta sånt här. Vad trött jag blir!

Inte förrän jag redan var död. Då träffades vi. Och jag fick smita in här! När jag förstod att han verkligen fanns, då tog jag bakvägen in hit. Jag var tvungen att få det här samtalet men ingen släpps in utan att smita förbi väktarna, det är ju något jag är bra på ändå.

Hade han kommit under tiden jag levde hade jag ju till och med kunnat tro på honom. Nu hade jag svårt att ta till mig det, att han faktiskt fanns. Att han inte alls såg ut som jag hade trott som barn. Då var Gud och Tomten likadana ju. Och att det inte var när Gud blev arg som det verkligen åskade. Det hade jag alltid trott innan. Det var vad mormor sa när jag var liten och åskrädd.

"Det är Gud som är lite vresig idag".

Människorna trodde ju mindre och mindre på honom. Trots att fler och fler människor faktiskt skulle behöva få veta att han faktiskt fanns. Varför visade han sig inte oftare för? Varför bevisade han inte sin egen existens?

Så många människor som skulle bli hjälpta då. Som skulle få sitt hopp åter. Kunna hoppas och önska att morgondagen blir bättre än den är idag. Så de aldrig skulle behöva stå här till svars för att ha gjort något de skulle ångra. Så många människor som behöver få veta att det finns något gott att faktiskt tro på. Om han nu var så god som han ger sig ut för, då skulle han väl fixa det här?

Jävla gubbe, tänker jag…

Egentligen fattade jag ingenting.

2

"När man vet behöver man inte tro." Säger han
samtidigt som han stannar upp och sätter händerna
i höfterna.
Va?
Kan han läsa mina tankar?
Ja, det är självklart att han kan. Vad dum jag är. Jag
känner mig lite förlägen, vad tänkte jag nu då?
Han skrattar till och nickar.
Vi ser på varandra och jag undrar varför det är så
farligt att veta då?
"Därför att när människorna vet har de inget hopp.
Det är till okunskapen man sätter sitt hopp. Så
länge man inte riktigt är säker på en sak kan man ju
fortsätta att hoppas. När de inget hopp har, har de
ingen strävan efter lycka och det är bara det som
håller människan i schack."
"Va..vaddå, håller dem i schack? Tror du de är
marionetter som du drar i snörena hur du vill eller?"
Han ser på mig. Säger inget och jag sätter mig ner.
Märkte inte ens att jag i ivern rest mig. Ja, vad är vi
annars? Guds leksaker? Han skapade oss för han
var uttråkad eller?
Han skrockar och det låter nästan som det åskar.
Jag vill nästan tysta honom för jag tänker på att det
säkert hörs över hela jorden. Men hur tystar man
Gud?

"Leksaker, jo, jag tackar jag. Den var bra!"

"Riktigt så lätt är det kanske inte men om man generaliserar, vilket du är bra på, så kanske det var en aning så jag tänkte. Jag tyckte jorden var tom utan en varelse som kunde njuta fullt ut av allt det som skapats."

"Är inte det nästan lite förmätet? Ska vi gå och vara tacksamma då att du skapade oss till din vackra trädgård. Som glada lyckliga små blommor skulle vi gå där eller vad menar du?"

"Nja, lite tacksamhet kunde man väl tänkt sig." Säger han och tittar på sina händer.

Han har inte ens lite skit under naglarna. Han petar under dem lite förstrött.

"Hoppet, är en drivkraft. Något som gör en nyfiken. Man vill se om saker och ting blir som man hoppats och önskar."

"OK! Det köper jag. Att jag levde som jag gjorde så länge var nog att jag hoppades det skulle bli något bättre en dag. Men jag kan inte säga att jag är så väldans tacksam att du skapade mig som den olyckliga och miserabla människa jag var."

"Håhåja, inte var det så illa. Du kanske hade för stora krav? Du kanske trodde det skulle vara idel lycka?"

"Det gjorde jag väl inte alls! Du tog min mamma ifrån mig. Du tog min mormor ifrån mig och jag blev våldtagen! Ska jag vara tacksam för det?

Han tittar på mig. "Jaså?" säger han bara.

Jag sätter mig ner. Lägger armarna i kors framför bröstet. Lägger ena benet över det andra och guppar väldigt irriterat med foten. Snörper ihop munnen och blänger på honom.

"Du beter dig som en bortskämd barnunge." Han sätter sig ner med. Lägger ena benet över det andra och sätter ihop sina fingertoppar. Han hummar lite medan han begrundar sitt nästa drag. Det känns som vi faktiskt spelar schack. Det är mitt drag och han har nästan fått mig schackmatt. Han nästan hånflinar belåtet. Har fått mig i fällan.
"Kanske det vore bra med några tillbakablickar för att friska upp minnet?"
Han sätter ner foten och hans stol vänder sig samtidigt som min mot en stor vit vägg. Där börjar en film. 8-7-6-5-4-3-2-1.

3

Jag är sex år och det är min första skoldag. Jag är jätterädd. Jag har sett skolan många gånger förut för vi bor så nära att vi ofta går förbi men jag har aldrig varit inne på den enorma skolgården. Den är större än något annat känns det som.

I alla fall just nu. Alla andra barn är större än mig. Jag är minst.
Jag går sakta vår gata fram och ska bara vända runt hörnet där kvarteret är slut så är jag framme. Ingången till skolgården är i hörnet. Jag ser en skolpolis stå där och vinkar in alla så de går in i en fin rad. Det pirrar i hela kroppen på mig. Jag är kissnödig. Usch nä, jag vill inte det här. Jag önskar mamma var här. Men min mamma är sjuk. Hon orkar inte följa med mig, inte ens den här första dagen.
Jag stannar och står en stund och tittar på alla barn som går in genom grinden. Alla verkar börja andra eller tredje klass. Är det bara jag som ska börja första? Det är bara jag som inte varit här förut.

Jag känner mig som jag inte kan andas. Jag får ingen luft. Det snurrar i huvudet. Jag mår illa. Jag ser bara de andra barnen i kön som ringlar sakta in på skolgården. Jag hör ingenting. Det är tyst och tomt i mig.

Precis just då känner jag en hand i min. Jag tittar på handen. Den är lika stor som min. Min blick följer handen till armen och upp i ett ansikte. Jag möter två blåa ögon och en mun som ler.

"Hej, jag heter Sara och jag ska börja ettan här idag. Det ska du med, va?" Säger hon.

Jag bara nickar.

"Kom då." säger Sara och drar iväg med mig hand i hand.

Hon vänder sig om och vinkar till någon men jag hinner aldrig uppfatta vem det är.

Vad var det här? "Din livsfilm, jo, vi har allt på film här, förstår du." Säger han och ler.

"Vem tror du att det var hon vinkade till?" säger Gud.

Jag vänder mig mot honom och han nickar.

"Det var du? Men varför skickade du Sara och inte kom själv?" undrar jag med skräckblandad röst.

Han ler. "Hade du och de andra barnen accepterat att jag kommit och sagt till dig. – Gå in mitt barn. Det är ingen fara. Nä, jag hade nog fått lärarna på mig som snuskig gubbe som trakasserar småflickor på skolgården. Det hade aldrig fungerat förstår du."

Och jag minns att i slutet på ettan eller om det var i början på tvåan var det en farbror som ofta gick utanför staketet och tittade när vi lekte ute och vilket liv det hade blivit att han var snuskgubbe eller något åt det hållet. Sen hade det kommit fram att han bodde på ett hem i närheten och letade troligtvis efter sin lilla flicka som dött när hon var 7 år. Det här hade jag inte tänkt på, på många år nu.

"Så Sara är inte verklig då? Utan bara sänd av dig?"
"Men, klart att Sara är verklig. Jag lät bara två flickors vägar korsas när jag insåg hur mycket glädje de skulle ha av varandra. Det är det jag vill. Att människorna ska ha glädje av varandra."
"Men såg Sara dig? Var det verkligen dig hon vinkade åt?"
"Haha. Nej, det var hennes mamma. Hon sa åt Sara att där står ju flickan i huset bredvid. Gör sällskap med henne du så slipper du gå själv. Och Sara gjorde så.
Varför ska människorna krångla till allt mer än det är för? Varför kan ni inte bara ta saker som de är. Enkla saker som faktiskt inte är alls så svåra att förstå."

"Har du hört historian om han som hade kapsejsat med sin båt. Det kom flera båtar och sa de skulle hjälpa honom men han svarade hela tiden att han väntade på Gud. När han drunknade av utmattning och kom till himlen frågar han varför Gud inte kom till hans hjälp. Jag skickade tre båtar till din hjälp men du tog inte emot den."
Det är så typiskt…

Det blir tyst en stund medan vi funderar båda två. Jag undrar hur det kommer sig att han har tid nu när han aldrig haft det förr. Med mig alltså.
Var prioriteringen ligger i detta just nu.

"Strunta i det. Vi ser en snutt till." säger han och vi vänder oss åter mot väggen.

Det är en blåsig och kall höstdag. Jag är på väg hem efter skolan. Jag går i tredje klass nu. Det är så man måste böja sig fram genom blåsten för att ens orka ta sig framåt. När jag kommer fram till vårt hus ser jag att morfars bil står på gården. Den är alltid så välpolerad och pappa brukar alltid skoja med morfar om det. Bilen är i bättre skick än något annat i morfars ägo säger han. Men morfar blir inte arg han bara skrattar för bilen är hans stolthet och käraste ägodel. Jag tycker det är konstigt att han kör den idag när det är sådant busväder. Det ser ut som det kommer börja regna när som helst.
När jag kommer in i köket sitter mormor, morfar och pappa där med varsin kaffekopp framför sig.
De ser alla på mig. Och jag känner att jag inte kan andas. Jag får ingen luft. Det snurrar i huvudet och jag mår nästan illa.
 Mormor säger något och sträcker fram armarna till mig. Jag hör inte vad hon säger. Det är totalt tyst i hela lägenheten. Inte ens klockans tickande hör jag. Jag kryper in i hennes varma famn och tårarna bränner i mina ögon. Mormors tårar rinner med. Hon stryker mig på kinden och torkar bort mina tårar.
"Såja min lilla tös. Det får allt ordna sig det här med nu. Mamma var så sjuk vet du så hon har det bra nu. Och du får följa med morfar och mig hem i bilen

nu. Pappa behöver vila sig och ta hand om allt här först så ska du se att det blir bra sen."

Jag ser att mormor packat en väska. Och min docka sitter på den. Jag tar dockan och morfar tar väskan och vi går ut till bilen. Jag sitter i baksätet och tittar på min pappa som står i köksfönstret. Han sträcker ut handen till en vinkning men handen faller tillbaka och han vänder sitt ansikte ner. Det är det sista jag ser av min far.

Filmen har stannat återigen.
"Hur kunde du låta min mamma dö ifrån mig? Hur kunde du göra en nioårig flicka föräldralös på det här viset?"
"Du blev inte föräldralös. Du fick de bästa föräldrar du någonsin kunnat få. Din mamma var sjuk redan innan du föddes. Hon var nästan aldrig hemma utan vistades på vårdhem långa perioder. När hon var hemma skulle det vara tyst och du fick inte ens leka i samma rum som hon för du störde. Det var granntanterna som turades om att passa dig. Kommer du inte ihåg det?
Din far orkade inte både arbeta och ta hand om dig. Han tog till flaskan långt innan hon dog. Och utan henne söp han snart ihjäl sig. Det var hans egen vilja. Och din mamma önskade inget hellre än att slippa ifrån sitt lidande. Hon var väldigt sjuk."

"Men hur kunde du utsätta mig för det jag just då fick uppleva. Att komma hem från skolan och att mamma redan var död. Det var sista gången jag såg min pappa där i fönstret."

"Hade det varit bättre att du kommit hem och hittat din mor död. Då hade varken mormor, morfar eller pappa varit där när du kom hem från skolan. Det var väl inte vanligt att de var där när du kom från skolan? Antingen var det bara mamma hemma eller så var det tomt i huset när hon var på vårdhemmet. Du kom alltid hem till ett ensamt och tyst hus. Men inte den här dagen. Du behövde ha någon där och det fanns det med".

4

Jag lutar mig tillbaka och begrundar vad han säger. Det stämde. Det var alltid tyst i huset när jag kom hem. Jag var alltid ensam på eftermiddagarna. Var mamma hemma från sjukhuset så sov hon nästan hela tiden.

Ibland var Sara med mig hem annars gick jag oftast in till någon av granntanterna och åt lite kvällsmat innan pappa kom hem från arbetet. När han kom hem gick jag ofta och lade mig för han tog alltid fram flaskan och satte på tv:n. Vi pratade sällan med varandra.

När jag flyttat till mormor och morfar var de alltid hemma och hade saft och sockerskorpor framdukat när jag kom från skolan. Vi satt alla tre vid köksbordet och jag fick berätta vad jag varit med om och vad jag hade lärt mig under dagen. De satt alltid med och följde med när jag gjorde läxorna.

"Nu får vi sudda" sa morfar när ett räknetal blev fel. Aldrig att han sa, nu gjorde du fel.

Mormor plockade fram fler sockerskorpor när jag var extra duktig med läxan.

Sedan gick morfar och jag en promenad eller så satt mormor och jag i solen och tittade på när morfar putsade på bilen. Från den dagen jag flyttat hem till dem var jag aldrig ensam mer någon eftermiddag. De var alltid så glada och stolta över mig.

"Så du menar att allt som hänt mig är för mitt bästa. Trots att det gjorde så ont just då?"

"Ja, utifrån de val som fanns, så ja, det menar jag. Det finns alltid fler utgångar än en. Det finns alltid ett val. Men ofta brukar det faktiskt vara det bästa som visar sig. Men sen ska man ju veta att ett val är något man gör just för den stunden. Just då! Varefter åren går, så kanske det händer att man tycker man gjort fel val. Men om man då skulle kunna se det andra valet i en film, hade det aldrig blivit bra ändå.

Du ser bara på dessa två. Om du hade kommit några minuter senare hade Sara redan gått in. Då hade två rädda flickor fått möta rädslan själva. Nu tog ni varandras händer och mötte ingen rädsla alls. Det var ett val du gjorde att gå hemifrån i exakt den sekunden du gjorde.

Granntanterna tittade inte bara till dig på eftermiddagarna. De turades om att titta till din mamma med. Hon var hemma när hon dog. Hon ville ha det så. Men hon ville inte att du skulle se henne död. Det behövde du aldrig göra utan du kunde minnas henne som den levande mamman du gör.

"Jag minns henne knappt. Kommer inte ihåg hur hon såg ut. Jag minns hennes röst när hon ropade att hon ville ha något. Och lukten. Det luktade sjukhus. Det luktade jätteäckligt."

"Men du skulle minnas bilden av henne som död i sängen. Du skulle minnas känslan av rädsla om det var du som funnit henne."

Ja, det hade jag nog gjort.

Pappa hade bara levt några månader till efter hennes död. De sa att han inte orkade, de sa att han söp ihjäl sig. Stämde det eller hade han också tagit sitt liv?
"Han söp ihjäl sig. Hans inre organ var redan så slut när hon dog så han hade dött ändå strax efter. Hans tid var inne med. De hade samma uppdrag. De kunde inte sköta det utan varandra."
"Vadå, samma uppdrag? Vad menar du?"
Ibland möts två själar som lever tillsammans alla sina liv. De är så tajta att de kan få speciella uppdrag medan de lever.
Kunskap de ska lära sig, ja, eller andra saker som himlateamet beslutar. Jag kan inte gå in på detaljer här. De går i alla fall ofta över gränsen ungefär samtidigt. Kanske inte så ofta av olika sjukdomar som i dina föräldrars fall, utan mer i olyckor då. En bilkrasch är ett behändigt sett att dö samtidigt på.
"Menar du att två själar kan bestämma att vi ska gå samtidigt och så kör de helt enkelt ihjäl sig?"
"Inte riktigt så. Men visst kan deras tid vara utmätt samtidigt. Sen behöver de ju inte köra ihjäl sig på eget val om man säger. Utan att deras tid helt enkelt är inne och då får de följas åt. Man får alltid gå efter den tidigaste utsatta tiden när det är tvillingsjälar."
"Tvillingsjälar? Jaha. Så det finns alltså en mall för hur sådant går till?"
"Javisst. Det finns rutiner utverkade för det mesta som kan inträffa."

Varför blev jag född om de ändå skulle dö tidigt?"
Men varför fick de barn över huvud taget då?"
"Jaa du, mycket kan jag svara på men det är svårt
detta. Alla som föds har en pusselbit i det hela. Din
passade in nånstans som du inte vet än. Som du
kanske aldrig får veta. En länk till något som hänt
eller ska hända."

Vi blir tysta en stund och funderar. Mina föräldrar
var alltså tvillingsjälar. Var det för de var så tajta
som jag alltid kände mig så ensam. Det fanns inte
plats för mig i deras tvåsamhet, liksom...
"En sak, som jag tänkte på med filmerna vi sett nu. I
båda de här händelserna så har jag haft ångest. Det
känns som om tiden står still. Jag får andnöd och
sedan stänger hörseln av liksom. Sen sker det
liksom i ultrarapid Jag har alltid haft det tror jag. Det
har kommit och gått men alltid funnits med på något
vis. Jobbigt som fan är det."
Mm, säger han och nickar.
"En del upplever det som obehag medan andra kan
uppleva det som lite bra, att man liksom stänger av
sig lite från det som ont."
Jag bara nickar, jag har alltid blivit rädd och tyckt
det varit otäckt när det kommer. Jag har alltid tagit
mer droger de perioder jag har haft mer ångest.
Det har varit tuffa perioder och lite lättare ibland.

5

"Jag tror det är dags för lite te. Skulle det smaka?"
"Som död blir man inte hungrig. Som du kanske
vet." Säger jag.
"Jag frågade inte om du var hungrig, jag frågade om
det skulle smaka.

Man kan faktiskt äta och njuta av det goda även
som astral. Det hoppas jag du inte gått miste om att
förstå." Säger han och plockar fram en bricka från
ingenstans och ställer på bordet mellan oss. De
sirliga tekopparna har små stjärnor på sidorna. De
blinkar.
På ett fat ligger det småkakor som är som smycken.
De ser ut att komma från ett himmelskt bageri vilket
med all säkerhet också stämmer.
Jag tar till mig koppen och väljer en rosa kaka med
rosenblad på. Nästan synd att bita i den så vacker
är den. Men jag kan inte motstå och det smakar lika
bra som det ser ut att göra. Den smälter i munnen.
Lagom sött, mmm, vad gott!
Ett godare te har jag heller aldrig druckit. Jag kan
inte sätta fingret på vad det smakar. Jag försöker
känna efter men, den påminner om… men nej, jag
kan inte hitta den. Utsökt! I alla fall, Himmelskt!
Haha… Man får i alla fall gott te i himlen.
Lite bra med att få vara död då…hur det nu är med
döden?

"Själen dör aldrig, den vilar. Kroppen dör. När man
inte är i en kropp är man astral, så säger man."

"Måste du svara på det jag tänker?"

"Ja, när det är så tydliga frågeställningar du tänker så.

"Ser man alltid ut såhär som astral, som glimmer?"

"Glimmer var vackert uttryckt. Man har en kropp om man vill, som du har när du stampar med foten i marken. Men när du rör dig fort så är det så här du är. Så, man kan säga att man ser ut som du gör nu, men sen kan man faktiskt ändra utseende om man vill. En del vill ha ett mänskligt utseende, en del vill se ut som prinsar eller prinsessor. Men detta är i alla fall grundutförandet, om jag kan uttrycka mig så."

Jag nickar att jag förstår.

"Jag tycker det är jobbigt att vara så här men, jag vill nog inte vara någon prinsessa heller, det skulle inte vara jag, inte kännas rätt heller."

"Det tror jag är ett bra beslut att fortsätta... glimma som du gör." Säger han och tar en ny kaka.

Han tar en grön kaka, han väger den noga i handen och jag ser hur han njuter av den.

"Jag gillar verkligen sådana här små kakor" säger han och stoppar in hela i munnen.

"Men, stämmer det att man lever fler liv? Trodde reinkarnation bara fanns i buddismen, typ...?"

"Jag skulle vilja säga såhär, att man får vad man tror. Människor som absolut inte tror på ett liv efter detta, ja de stannar där detta liv tar slut. Varför ska vi hålla på att övertyga folk för? Men de som kanske bara har en gnutta tro om det kommer till intagningscentralen. Det vore väl förmätet om bara buddisterna hade fler liv, då skulle det väl drälla av bara dem till sist, eller?"

"Jo, kanske...Kan man få veta vad man ska bli i nästa liv? säger jag, så jag kan bestämma redan nu om jag vill dit eller inte."

"Hahaha, skrockar han igen, nää du! Det kan man inte."

"Men du, säger jag, det finns människor som kallar sig synska. De kan se tidigare liv, kan de se kommande med? Är det dig de känner eller är det verkligen en död människa de kan känna av?"

"Mm, det finns känsliga människor, ja. När man är astral avger man ett magnetfält där man rör sig. Och det är det vissa känner."

Hur upplever de sånt där då? Vet de att nån från himlen är där och ställer och styr eller?"

"Ja, det är ju olika hur känsliga de är. En del människor är så känsliga att de vet precis vad som väntar dem. De kan till och med sitta och vänta på mig, eller någon vi skickat då, och undra varför det tog så länge innan vi kom. De känner av magnetfältet innan vi ens nått fram till dem. Det har hänt några roliga saker under åren kan jag lova dig."

Han skrattar till för sig själv.

"En man som blev halshuggen satt med huvudet i knäet och väntade på oss. Han var väldigt noga med att få med sitt huvud. Sen har det hänt ganska ofta att de inte förstår att de dött utan man får övertala dem och visa deras kropp innan de följer med."

Gud är på mycket bättre humör nu än när jag kom, då var han allt lite irriterad på att få stå till svars, tänker jag, det mullrade och var jordbävning på samma gång nästan.

"De som vet vad som ska hända har levt många liv och kommit längre i sin kunskap om vad det handlar om helt enkelt."

"Sin utbildning? Så livet är en skola!? En kurs där man ska lära sig…vaddå?"

"Skulle jag berätta det för dig nu vad har du då att se fram emot i nästa liv?"

"Skulle jag komma ihåg det i nästa liv? Då är det säkert att man lever fler liv då, alltså? Hur många liv lever man egentligen?"

Han ler och tar en kaka till. En rosa med rosenblad.

6

"Du är en frågvis en du. Tänk om du varit lika vetgirig medan du levde, då, hade du säkert varit kvar i det du nu saknar så pass."

"Men jag fattade ju inte då vad det var frågan om alls. Att jag skulle lära mig något av allt skit jag gick igenom. Fanns väl andra sett att lära sig det på, eller? Och förresten saknar jag kanske inte just det livet... bara det att detta är så tråkigt! Att sväva omkring såhär ligger inte för mig!"

"Saknar du inte det livet? Vad saknar du för liv då? Man kan väl inte sakna något man inte haft? Och prostitution är ju bland det äldsta yrket som finns. Det är ett gott yrke. Man gläder en annan medmänniska genom den bästa av kärleksfulla akter."

Jag stirrar på honom. Sätter nästan en blå kaka i halsen.

"Du kan väl inte mena allvar!! Skulle hora vara ett BRA yrke? Finns väl inga som får så mycket skit som vi fått."

"Inte från någon av oss här i Himlateamet." Säger han och ser på mig allvarligt.

Kärlek är det största och att ge det till dem som verkligen vill ha det är väl aldrig fel? Hur skulle det kunna vara fel?

Kärleksakten har ni människor förfulat genom alla tider. Jag förstår inte varför. Utan den skulle ju ALLT dö ut!"

Han ställer ifrån sig tekoppen och reser sig upp och börjar gå fram och tillbaka igen. Detta är tydligen ett ämne till som upprör.

"Störst av allt är kärleken har vi predikat i alla tider. Men människan förstår inte ändå. Att ge sina medmänniskor det de vill ha. Glädje. Värme. Gemenskap. Det – är Kärlek!"

"Men du kan väl inte säga att sex och kärlek är samma sak?" undrar jag nästan helt chockad.
Kärlek och mitt yrke är absolut inte samma sak! Inte ens jämförbart.!
"Ni borde kalla den "den heliga kärleksakten" och inte sex!
Sex, sexualitet, sexuell. Är väl bara en förkortning, eller?"
"Det människorna kallar sex kommer från kärleken. Det är sammansmältandet av två varelser och förutsättningen för vidare liv. Kärleksakten är det yttersta och starkaste begreppet i kärleken. Det finns de som utnyttjar det som de utnyttjar makt över en annan människa och det är fel. Men det du säljer för några futtiga dinarer är kärlek. Det är inte fel sex. Du säljer en stund tillsammans med dig. En stund av närhet till en människa. Av sammansmältningen mellan man och kvinna som faktiskt är till grunden för allt liv. Och vad är livet? KÄRLEK!"

"Men kan du säga att torsken kommer för kärlek? De kommer bara för sin utlösning. För att förnedra kvinnan. Om du visste vilka sjuka torskar jag har mött. Inte fan handlar det om kärlek!" Jag reser mig upp och stampar i marken.

Jag blir lika chockad själv. Ser ner på golvet. Jo, jag har faktiskt fötter och jag har stampat i marken. Jag tittar på tekopparna. Vi har druckit te men hur det gick till vet jag inte. Jag tog koppen i handen och lyfte den till min mun. Jag tittar på min hand, och ja, jag har en! Jag har en kropp just nu utan att jag tänkt på det.

"Förvirrande?" säger han bara.

Jag nickar och ber honom fortsätta beskriva mitt yrke.

"Maktmissbruk? Eller vad ska man kalla det? Jag vet att du mött fula torskar och de har aldrig lärt sig vad kärlek är. De har aldrig fått riktig kärlek. Riktig Äkta kärlek är något alla lär sig från sin moder. I moderlivet. Men jag ber om ursäkt, men jag har väl missat en liten detalj där. Alla har inte ett bra moderliv. Alla har inte en moder som kan förmedla kärlek till sina avkommer. Vilket i sig – är ganska underligt, det medger jag."

"Mm, jag har mött män som vill att man ska bajsa på dem. Män som vill att man ska se på när de runkar. De har kommit två stycken och vill både det ena och det andra. Det kommer kvinnor. Det kommer par. Män som vill ha blöja på sig medan man slår dem. De som bara vill ha smisk. De som vill suga på brösten, ligga som de ammade. Det finns så mycket sjukt!"

"Samhället idag bygger inte riktigt på den grunden som den gjorde när världen skapades. Det sjuka har alltid funnits, det blev väl någon miss från början på någon gen där. Och det vore ju förmätet av oss att tro att allt hade blivit perfekt. Den har inte riktigt utvecklats som jag hade hoppats eller ens tänkt. Det har skett saker under resans gång med, om man säger, som ingen kunde räkna ut. Ja, inte ens jag. Faktiskt."

Han skakar på huvudet som han ångrar sig, eller i alla fall har lite ångest över det som blivit fel. Eller kanske inte så bra, enligt honom själv.

7

"Men om vi bara går tillbaka några hundra år,
fortsätter han. Då gick männen till Gudinnor.
Kvinnor som utsågs till Gudar. Männen offrade sin
säd till Gudinnan för att få bättre skörd, eller för att
göra sin egen kvinna gravid."

"Det var ju hedningar. De hade ju fler Gudar än dig.
Det fick man inte ha enligt Tio Guds bud. Kommer
du ihåg stentavlorna du gav Mose? Nu pratar du väl
mot dig själv, eller?"
Han hoppar nästan till.
"Attans!" säger han.
Han kliar sig i stubben, lutar sig fram, lägger
armbågarna på knäna. Lutar sig tillbaka igen, sätter
händerna på sina kinder och säger i ett andetag:
"Jag har aldrig gett Mose några stentavlor!"
Jag stirrar på honom och gapar men inget ljud
kommer ut.

"Varför skulle jag ha gjort det? Det är kristendomen
som pratar om dem, jag tillhör väl ingen specifik
religion. Jag är ju Gud, den allsmäktige! Den "one
and only"…och var han så glömsk att han inte
skulle komma ihåg vad vi pratade om tror du?"
Säger han.
"Menar du att det aldrig funnits några stentavlor?
Med Guds tio bud? Kom Mose ihåg dem i huvudet,
eller vad? Vad kommer det ifrån då?"

Herregud, detta blir bara värre och värre. Finns där inget som är som man trott!?!
"Inte mycket, du!" Han mullrar lite medan han ändrar ställning i stolen, den verkar helt plötsligt väldigt obekväm.

"Men var kom stentavlorna ifrån då? Även i kristendomen liksom, fanns de inte? Är de fejkade?" frågar jag ivrigt.
Han reser sig upp och, nästan gapskrattar.
"Stentavlorna kom från kyrkan."
"Från kyrkan? Men… kyrkan. Det är väl du det? Det är ju Guds Tempel. Guds Hus. Skrev Mose stentavlorna själv efter vad ni pratat om? Jag fattar inget." Säger jag och kryper upp i min fåtölj och tar åt mig hela kakfatet och väljer flera kakor som jag stoppar i munnen.

Han stannar mitt i steget och ser på mig. Och han ler sitt faderliga kärleksfulla leende. Och jag känner en del av den kärleken han talar om. Jag blir varm. Hela mitt glittrande väsen glittrar än mer. Kakorna smälter i min mun och jag försöker le tillbaka medan det trillar kaksmulor.

"Det är ett bra samtal det här. Säger han. Det är trevligt att tala med dig."
"Tack." säger jag mellan tuggorna för jag vet inte vad annat jag ska säga.
"Men hur du kom igenom säkerhetsspärren är för mig en gåta. Tur för mig, känner jag ändå!"
"Tack." Säger jag igen och ännu fler smulor trillar.

"Mose och jag hade många samtal, nästan så här som du och jag nu, han samlar sig lite innan han fortsätter.
Det stämmer. Men han hade aldrig några stentavlor med sig från mig. Han gick och berättade för folket vad vi pratat om. Ja, en del av det i alla fall."
"Vi brukade prata med varandra då och då. Vi pratade om kärleken. Om kärleken till varandra. Om kärleken till jorden och marken de vandrade på. Mose tyckte allt var så vackert. Han älskade det goda de kunde äta. Det klara vattnet som släckte törst. Mose var så nöjd med livet. Som den blomma i trädgården han var." Han lutar sig bakåt och begrundar det han säger.

"Sen kom det andra människor. Som försökte påverka Mose i det vi talade om. Som ville dra nytta av det underbara för egen vinning. De här maktlystna människorna skapade resten av storyn själva."
Jag bara gapar.
Han sätter sig ner tungt i stolen och jag ser vad trött och sliten han ser ut med en gång. Hur besviken han måtte vara på alltihopa. Det han skapade till glädje har bara blivit till ett… hån?

"Kyrkan är inte av mig skapad. Den är skapad av män som har slagit mynt och utnyttjat människor till underkastelse. Det är de som är det onda i världen."

"Så hela vår religion är fel då?"

"Inte i allt, det säger jag inte. De har snappat upp en hel del av det som jag står för men absolut inte allt. Det är bara pengar. I allt är det pengar."
"Men det kostar väl att driva en kyrka med förstås" försöker jag lite trevande.

"Varför då? Varför ska det finnas pengar i kyrkan? Vad är pengar egentligen? Vad är "Kyrkan" egentligen? Det är eller borde vara ett rum där alla är välkomna för meditation eller gemenskap. Och varför har de byggt stora stenhus fyllda med guld för den sakens skull?
Jag skapade en trädgård där alla skulle få plats! Där alla skulle finna vila och kärlek i enskildhet eller i gemenskapen. Inte behövs det särskilda hus till det. Inte behövs det tempel för att prisa Gud i! Jag prisas bäst när människorna är lyckliga i min trädgård!"

8

Och så börjar det åska ordentligt. Han går framåt och tillbaka.

"Jag ville alla väl! Men sen kom de onda människorna fram. De som tänkte för mycket på sig själva. De som bara ville tjäna pengar! De som vi kallar ormen i paradiset! De slog mynt om allt! Ville tjäna guld och makt på kärleken!" Han knyter handen mot taket och det låter nästan som han morrar.

Ooo ajjj nu skakar himlavalvet vill jag lova! Och här sitter lilla obetydliga jag, mitt i skiten. Att sätta igång detta var absolut inte min tanke. Det lovar jag. Hur tar man sig ur detta nu då? Ska jag smita härifrån? Jösses, hela golvet skakar. Det är jordbävning i himlen! När Gud är arg, eller i alla fall irriterad så skakar himlen. Faktiskt! Himlabävning! Jag försöker göra mig så liten och grå jag kan, inget glittrande här inte!

Det kommer in en kvinna i rummet. Hon har en lång vit kjortel med en tunn mantel som hänger från hennes axlar och ner över ryggen. Hennes långa ljusa hår glittrar med över manteln. Hon har ett diadem om huvudet som det glimmar om. Hon är väldigt vacker.

Hon ser på Gud och så skakar hon på huvudet. Hon glider fram till honom och ställer sig framför honom med huvudet lite på sned.

"Du får ju inte bli så här upprörd, lille vännen. Det lilla hjärtat, klarar inte av det. Så, hela valvet skakar. Det ger dig bara huvudvärk och dåligt samvete. Såja, sätt dig ner. Lägg upp fötterna på pallen och så vilar vi oss lite här."

Jag sitter i min fåtölj och bara ser på dem. Jag försöker göra mig ännu mindre om möjligt. Hon lutar sig över honom och de ser på varandra. Han tar hennes händer i sina. Och så nickar han och ler mot henne. Hon ler tillbaka.
"Vad gjorde jag utan dig?" säger han.
"Jobbade kanske?" svarar hon.
"Nä, det vill jag inte. Det gör du så bra, vännen min."
"Du sköter det så bra, så himla bra, säger han och lägger huvudet på sned. Det är mycket lättare såhär, mycket bättre!" Säger han och kysser henne på handen.
"Då får du ta det lite lugnt, så vi kan jobba i lugn och ro. Det är inte lätt att sköta ruljangsen när hela himlen skakar gång på gång. Vi kanske ska be lilla fröken lämna dig." Säger hon och tittar på mig.
"Nejnej, vi har ett så intressant samtal, det var längesedan jag hade."
Han sätter pekfingret för sin mun och nickar. Ja, jag lovar vara tystare.
Bra, viskar hon och vänder sig samtidigt mot mig.
"Han stressar upp sig så lätt så. Vi får ta det lite varligt med honom, det är inte bra för hjärtat."
"Du kan väl visa henne runt lite sen när du vilat en stund." Säger hon samtidigt som hon glider ut på samma smidiga ljudlösa sätt som hon kom in.

Jag försöker samla ihop mig och det som händer här. Vem var det? Guds fru? Gudrun? Hihi... Himlateamet? Han har nämnt det förut men vad är det egentligen?

Är det de tre i treenigheten, eller vad?

Mose fick inga stentavlor utan bara ett samtal om vad han skulle göra, vad som skulle hända. Resten har kyrkans folk hittat på som värsta Rödluvan och vargen. Är inte människorna lydiga kommer vargen och äter upp er. Men då...

Inte för att jag kan min bibel. Vare sig utantill eller läst den så värst ofta men när skedde detta då? Mose var väl före Jesus? Hur länge före Jesus var det han levde då? Inte en aning, faktiskt. Vår tideräkning började med Jesus födelse. På ett ungefär i alla fall. Men Mose då? Han kan ju ha levt flera hundra år innan det. Fanns det kyrkor eller Guds tempel innan Mose eller kom de efteråt?

9

Jag rycker till ur mina tankar av ljudet av
snarkningar.
 Han har knäppt händerna på magen och ligger
utsträckt med fötterna på en pall. Han har inga skor.
Han har raggsockor.
 Men kära nån?
 Han ser inte alls ut som en allsmäktig Gud. Han
påminner mer om en liten pojke när han sover. Bara
tummen i munnen som fattas just nu. Han ser ut att
vara ganska nöjd nu i alla fall. De djupa rynkorna i
pannan har slätats ut. Det är bara skrattrynkorna
kring ögonen som fortfarande syns. Och inte kan
jag säga hur gammal han ser ut att vara heller. Han
skulle kunna vara … 18, 30 eller 40, eller 62...nja,
inte 18, men han borde väl vara lite mer?
Han har skägg. Ett snyggt ansat skägg som bara
ger honom mer pondus än tomtekänsla. Han ser
bra ut. Sådana kunder hade man välkomnat. De
hade gärna fått lite kärlek. Ren och fräsch ser han
verkligen ut att vara. Även i sina raggsockor.
Men att han säger att jag sålde kärlek? Att det var
bland det finaste man kunde vara. Hora är ett fint
yrke… ha!

Så jävla perversa typer det finns! De som vill slå
och de som vill bli slagna.
Hororna var ju redan smutskastade på Jesu tid.
Hade Jesus nånsin predikat om glädjen med att
hora? Glädjeflickor. Det heter glädjeflickor. Men är

inte det ett nyare ord? Att sprida lite glädje. Skulle kunna gå som reklam på tv för fan!

"Sprid lite kärlek – Knulla runt!"

Sexuell njutning. Kärlek. Ömhet. Gemenskap. Kom och prova-på-erbjudande!

Jag håller på att bita ner mina naglar igen. Men kommer på, igen, att det har jag ju inga. Fasen, vad trött jag blir att inte veta vad jag är! Jag är astral men biter på naglar som jag, har! Just nu i alla fall då. Jag har tydligen kroppsdelar när jag behöver dem, annars är det bara glimmer. Jag tar en kaka. En blå. Det är silverkulor på den och de brukar vara så hårda så de pillar jag bort. De trillar ner och rullar iväg över golvet. De stannar inte utan rullar vidare rakt genom väggen som ser ut att vara av sockerkristyr. De är nästan som glasväggar även då man inte ser igenom dem. De är liksom frostade.

Jag försöker koncentrera mig igen.

Mose fick inga stentavlor. Är det inte de som hela vår religion hänger på? Ja, för mig är det ju kristendomen som gäller. Jag är inte insatt i den och än mindre i någon annan.

Tio Guds bud är på Moses stentavlor. De är väl grundstenen i vår tro och vår lydnad till Gud? Eller är det skapelsen som är det?

Men Gud vill inte att vi ska vara marionetter i snören som han styr, inte på det sättet i alla fall. Han vill att människorna ska vara som vackra blommor i en trädgård. Att de ska vara lyckliga. Ha roligt. Älska och ha det bara gott. Han vill att vi ska ha det som

Adam och Eva i lustgården förstås. Lustens trädgård.

Men är det där det blev fel? När ormen lurade Eva att äta av äpplet. Då fick de kunskap de inte skulle. De blev blyga och klädde sig. Men vad var det för kunskap de fick egentligen? Blyghet för varandra. Rätt löjligt egentligen, då borde människorna aldrig mer ha varit nakna eller haft sex om det hade varit så. Det stämmer inte heller.

Kan man väcka Gud när han sover? Nä, jag väntar tills han vaknar.

Adam och Eva var i alla fall före Mose. Det begriper jag ju. Eftersom de var först. Skapade av Gud. Men att hänga med i tideräkningen före Jesus är inte lätt. Han sa, människorna som kallades för ormen i paradiset? Vad menas med det? De som försökte, eller faktiskt skodde sig på andra människors önskan om att tro på något. De kallade han ormen i paradiset.

I begynnelsen... när fan var den då? Det tog sju dagar att skapa världen. Och på sjunde dagen vilade han. Det var söndagen. Skapade han Adam på lördagen då? Som sin avbild och Eva av ett revben. Hahaha... ja det låter verkligen fantasifullt. Han har humor Gud. Visst måste han ha det? Hur kan han annars komma på tanken att skapa en kvinna till den ensamme mannen av ett revben? Varför just ett revben? Varför inte ett ben ur handen, eller foten?

10

Han väcker sig själv av sina egna snarkningar i ett ryck och far upp på fötterna.
"Jesses, är du kvar än?" säger han.
"Ska jag gå?" frågar jag. Jag vet ju inte alls om han tycker det här är lika viktigt och intressant som jag tycker. Att diskutera detta med mig som bara är en enkel glädjeflicka som inte är speciellt intelligent heller för den delen.
Han borde ju vara van med mer sofistikerade människor omkring sig.

"Nej nej, det var inte så jag menade. Jag brukar faktiskt inte somna när jag har besök. Högst oförskämt av mig. Förlåt mig. Men det är inte bra för mig att stressa. Jag blir helt slut. Tur jag har teamet till hjälp nu för tiden. Jag skulle inte klara allt själv längre. Det är många människor som behöver vägledning och hjälp och väldigt mycket att stå i vet du."
Nej det vet jag inte men jag kan ju ana.
"Är det många som kommer hit och ångrar sig?"
"Nej, det är det inte! Därför blev jag snopen när du kom. Det var lite speciellt. Och väldigt trevligt förstås." Han ler och rätar upp sig i stolen.
"Ska vi ta en liten rundvandring som Gudrun föreslog?"
"Heter hon verkligen Gudrun?"

"Haha, nä det gör hon inte. Utan det är ett internt skämt häruppe som faktiskt människorna gett oss. De kan vara för roliga ibland".

Vi går ut genom dörren som Gudrun kommit och där är en korridor med massor med dörrar.

"Här sitter då de olika teamen". Han öppnar en dörr och där sitter flera änglar med varsin laptop i knäet. Änglar! Riktiga änglar sitter här som andra kontorister! Jag blir nästan full i skratt. Ja, de ser ju inte ut precis som bokmärkeänglar men jag ser ju att de är änglar! Väldigt vackra är de! Ljusa kaftaner som glimmar i olika färger och vingar…Tror faktiskt de håller dem tätt ihopfällda just nu. Åh, så vackra de är!

"De här sköter mail och sms. Ja, det gäller för oss att hänga med. Förr var det mest genom telepati och vi fick lyssna oss till mycket. Idag mailar människorna hit opp mer och mer.

De svarar på det de kan med det samma. Vissa böner skickas vidare dit de berörs. Vissa måste vi ta upp på möte.

Ja just det. Självklart. Tänker jag, när han stänger dörren och vi går vidare.

I nästa rum sitter änglar och pratar telefon. Mobiltelefoner.

Han bara nickar till dem och stänger dörren.

"Ja, där är samma sak. Vi ska inte störa."

"Sen är det uppdelat i flera rum för olika religioner då. Människorna har ju delat upp sig i religiösa delar. De delade upp jorden i olika länder och sen delade de upp Gudarna i olika religioner. Jaja… ja, jag säger då det!"

"Men allt sköts från samma team?" frågar jag.
"Javisst! Häruppe gör vi ingen skillnad. Här är vi
bara en enhet. Det är därnere de delat upp det. Men
vi är en styrelse. Och vi har styrelsemöten om de
stora frågorna som rör alla eller enskilda religioner.
Sen får varje avdelning ta hand om sitt sen då. Så
det fungerar rätt med uppdelningen som är därnere
och så får det gärna vara om det gör er lyckligare.
Men här är det inte så men vi får ju anpassa oss
förstås och göra som ni vill ha det. Och vi tycker allt
vi fått det bra här."
Och jag kan ju inget annat än hålla med.

"Kyrkan", säger jag försiktigt så han inte ska brusa
upp igen.
"Är den i alla religioner? Jag menar, har alla
religioner en kyrka?"
"Hm, nej. Inte alla. De stora... kristendomen,
judendomen, Islam, ja, du vet. De har ju kyrkor,
moskéer och synagogor. Bara olika namn på, typ,
samma sak. Sen finns det små som bara ett fåtal
människor tillhör. Och där finns inte alltid kyrkor i
den meningen utan kanske samlingslokaler. Sen
finns det ju de religioner som är i det fria. Som
fortfarande tillber det fria i vår natur. Luften, jorden,
elden och vattnet.
Det finns så mycket."
"Men det är inte alla som blivit så korrumperade att
allt går ut på pengar, nej det är det inte."

"Lite upprörande är det men ska inte brusa upp nu igen. Ska tänka på lilla hjärtat här då. "Säger han, skrattar och klappar sig på bröstet.

Jag ler.

"Förlåt mig, men jag hänger inte riktigt med i tideräkningen. Jesus föddes år 0 och Mose levde långt före, eller? Och Adam och Eva då, när var det?" Säger jag.

"Äh, jaja, vi räknar ju från år 0 där, ja. Och Mose skulle då bli ca 1300 år före det. Ja, på ett ungefär."

"Vi stod ganska nära varandra Mose och jag. Jag tyckte det var så hemskt att sätta en liten gosse i Nilen så jag vakade lite extra över honom. Med tanke på de stora krokodilerna där, vet du. Nilenkrokodiler är inget att leka med. Det ska gudarna veta!"

Han skrockar glatt åt sitt eget skämt.

"Vi pratade ofta med varandra, Mose och jag, och när han då fick det stora uppdraget att flytta folket, ja, då i klart var jag med och hjälpte till. Han kom upp på berget en kväll och vi satt och samtalade såhär som du och jag gör nu. Om lite av varje. Om plågorna som hade varit. Om vad som komma skulle, ja helt vanligt. Sen sa vi god natt och han gick ner. De fortsatte färden på morgonen därpå och bara några dagar efter började ryktet sprida sig om stentavlorna."

"Men vet du inte alls vad det ryktet kom från då? Du ska väl veta det, du som vet allt?" säger jag och försöker skoja lite.

Han ser på mig med pliriga ögon.

"Jo, visst vet vi det. Klart vi vet!" Ha haha… de trodde de var smarta men ingen är smartare än…han pekar sig på bröstet samtidigt som han sträcker lite kavat på sig.
"Men vilka var det då? Och varför ställde ni dem inte till svars?"

"Det – tror jag vi ska återkomma till. Men, man ska hålla sina fiender nära vet du." Säger han och börjar gå vidare.

Vi kommer fram till en stor sal.
"Detta är då intagningscentralen." Säger han.
Här sitter det också änglar. Jag tror de är änglar i alla fall. Lite olika från de som skötte mail och sms. Men ändå väldigt vackra, mer människolika varelser med långa vita dräkter som det skimrar om, men de har inga vingar.
 På ena sidan är det skrivbord där de sitter med telefoner och datorer. På andra sidan sitter det människor som i ett väntrum. Änglarna pratar i telefonerna och knappar på sina datorer och sen kallar de på nästa.
Människorna har kölappar och det är nummer 38 som nu reser sig upp och går fram till den ängeln som senast ropade "nästa".
Den är en grå man som inte alls ser speciell död ut. Han ser mer ut som han undrar var sjutton han har hamnat. Mycket förståeligt!

"Är detta änglar" frågar jag.

"Nej, detta är väktare. Det är de som först tar emot de nydöda och de ser till att de kommer till rätt avdelning. Här blir de inskrivna.

De får en enkät att fylla i som ger vägledning till var de ska härnäst. Sen får de tiden då de ska infinna sig dit. Under tiden är de fria själar."

"Men jag har inte varit här?"

"Nej, självdödare kommer inte hit först. De får skola sig som astrala en längre tid. Sedan kommer de hit. Du smet väl mellan där då du vek av mot huvudkontoret."

"Så jag ska hit sen då?"

"Nej, du ska till självdödarnas inskrivningscentral. Vi vill se till att ni hamnar rätt och inte gör det igen. Det ända som skiljer är några fler tester bara, på enkäten där alltså."

Jag nickar och vi står kvar en stund och tittar.

"Nästa" och nummer 47 reser sig upp.
Han kliar sig i skägget. Tittar på mig och frågar:
Du spelar möjligtvis inte golf?"

11

"Golf?!?"
"Ja. Man tänker så bra när man går där och puttar lite förstrött." Säger han och spricker upp i ett leende som inte går att motstå.
Jag börjar fnissa.
"Ska vi spela golf? Du och jag?" Jag skakar på huvudet.
"Nä, jag har aldrig spelat golf i hela mitt liv!" Säger jag.
"Vad bra! Då är du min caddie!" Säger han. Bugar sig och visar mig vägen ut till en ljusblå golfvagn.
"Den drar du." Säger han. Pekar på vagnen och så stegar han iväg över vidderna mot himmelens stora gröna fält.

"OK." Säger jag, tar vagnen och följer efter.
Vagnen väger ingenting. Den rullar så lätt att jag knappt märker av den alls. Framme vid första utslagsplatsen stannar vi och han tar fram en boll och en peg ur fickan. Han väljer ut en klubba och ställer sig i position. Väger av och så slår han till och bollen far iväg i en vid båge.
Jag tycker ju det ser aningen fånigt ut, men jag är ju å andra sidan ingen golfare och förstår säkert inte allvaret som inbitna golfare gör i detta.
Han sätter tillbaka klubban och jag tar vagnen och vi börjar gå mot den plats där bollen slagit ner.

"Nu ska vi se." Säger han.
"Du frågade om Adam och Eva, när de levde? Ja, när tror du?"
"Äh, ja jag tror att du skapade världen i sex dagar. Om man tänker att du började en måndag så borde människan ha skapats på lördagen. För på söndagen vilade du."
Han ler.
"Ja, det kan man tro."
"Jag är vetenskapsman och arbetade till att börja med i "Laboratoriet av Universum".
Det tog många experiment och mycket tid att bara få fram materian. När jag väl fått till den började idén utforma sig om jorden och dess trädgård. Jag skapade vatten till hav. Och jord till land. Och sedan ljuset."
"Varde ljus!" skrev de i boken!!"
Hahaha, ja tänk om det hade varit så lätt! Det tog mig nästan en miljon år i er tideräkning att skapa ljuset! Att både få fram något som både gav ljus och värme och som höll i en evighet!
Solen! Var svaret. Och den tror de att man bara knäppte på fingrarna och fick fram? Som om jag hade snutit fram den? HA!"

Jag vandrade bara tyst vid hans sida och lyssnade. Allt var ju så logiskt när han berättade såhär. Man har ju läst om Edisons arbete med glödlampan. Ja, då kan man ju föreställa sig Guds arbete med solen.

"När jag väl fått till värme och ljus gick det lättare. Då kom dagen och natten av sig självt eftersom jag skapade jorden rund. Jag var faktiskt inne på att göra den platt som en skiva först men insåg snart riskerna med det. Med vatten och ljus kom luften och då var det lätt att börja skapa frön till växter. Jag gjorde de märkligaste och bisarraste saker till att börja med. Men det är ju genom experiment och misslyckande man lär sig. Eller hur?"

"Ja, precis så är det. Och du hade väl ångervecka då eller?" säger jag och så skrattar vi. Det hade han ju inte men ingen märkte heller hans misstag. Det var bara att börja om på nytt.

Vi är framme vid golfbollen. Han stannar och ser sig om. Väljer en klubba. Väger in och slår åter iväg den. Den far iväg i en lika vid båge som förra slaget. Han sätter tillbaka klubban. Jag tar vagnen och vi vandrar vidare. Och jag inser att detta är ett bra sätt att skingra tankarna och att sätta dem tillrätta.

"Då borde vi väl vara framme vid människan då? Adam och Eva." Säger han och ser på mig och jag nickar.

"Jo, det borde vi. Du skapade Adam som din avbild och sedan Eva av hans revben."

"Haha, ja du. Visst låter det bra?"

"Det låter lite knepigt tycker jag."

Jaha? På vad sätt då?"

"Jaa. Först varför du skapade Adam till din avbild. Varför var det viktigt att han såg ut som du? Du pratar om Avgudadyrkan i budorden. Men ändå skapas människan som en avbild…"

"Eva skapas från ett revben. Varför just ett revben?
Kunde du skapa Adam från ingenting, varför
krävdes det då ett revben för Eva?"
Han stannar upp. Ser på mig. Skakar lätt på
huvudet.
"Du är ju riktigt klipsk ju."
Jag skrattar till.
"Tack, men är det inte lite väl knepigt och egentligen
ganska långsökt?"
Han nickar.
"Du glömmer en sak. Det är inte jag som skrivit
buden. Och du har nog missuppfattat lite där."
"Avgudadyrkan har inget med utseende att göra
som man kanske kan tro. Avbild och avgud är inte
samma sak. Utan budet lyder "Du ska inga andra
Gudar hava jämte mig" och då är det ett konstigt
budord för ni har ju fler Gudar än jag. Och det visste
vi redan innan stentavlorna. Människorna har ju
delat upp religionen precis som marken i länder. De
flesta osämjor som har skapats på jorden under all
tid beror på att människorna blir osams om vilken
Gud som är bäst. Eller var gränserna går mellan
deras länder. Ja, typ så i alla fall."
"Vilket ni Gudar har svårt att förstå, förstår jag?"
Säger jag och han skrattar.

12

"Det är ni som skapat fler Gudar, här finns bara jag, som är chef här. Men... Vi arbetar i ett team i Universums lab. Så vi har samma grund att stå på. Bara lite olika sätt att kunna lägga fram det. Vilket i sig beror på att människorna har olika sätt att förstå och ta till sig saker och ting på. Därför är det kanske bättre att kalla flera Gud för att alla ska hitta sin väg. Förstår du?" säger han och stannar upp och ser på mig undrande.

"Ja, det gör jag. Allt låter så väldigt logiskt och du förklarar så lätt och bra. Tack för att du tar den här tiden för mig att förklara allt det här." Säger jag.
Han ler.
"Att man kan spela lite golf samtidigt gör ju inte saken sämre."
Vi skrattar åter igen.
"Har du förstått det här med Adam och Eva nu då?" säger han.
"Nää... varför du behövde ett revben till Eva men inte till Adam, eller vad?"
Han himlar med ögonen.
"Nej, inte det. Utan vilken dag som de skapades?"
"Jaha. Lördagen sa jag ju."
"Men det stämde väl inte om det tog nästan en miljon år att ordna fram lite ljus och värme så de skulle kunna överleva först?"

"Utan värme hade de fryst ihjäl ganska snabbt. Det fanns inget större liv som klarade att finnas i totalt mörker och den kylan som var här innan solen."
"Men, du skapade solen. Då kom ljus och värme. Då skapade du frön till växter. Sen kom Adam och Eva. Och sen kom Mose? Och Jesus var 1300 år efter honom. Men hur långt efter Adam och Eva var Mose då? När var dinosaurierna egentligen?"
Han skrattar till, nickar mot sin boll.
"Tänk efter ordentligt nu."

Vi är framme vid nästa green och bollen ligger strax framför hålet. Det krävs bara en liten putt så går den i. Han väljer klubba och petar i den.
Han har utslagsplats till nästa hål på samma green. Så han byter klubba och förbereder sig för slag. Allt detta medan min hjärna går på högvarv.

Om och om igen går jag igenom allt - igen. Sju dagar för att skapa världen. Nej, 1 miljon år och sedan 7 dagar…
 Adam och Eva. Vilodagen.
 Mose. 1300 år senare. Nej, 1300 år före Jesus.
 Jesus. Nej. Det tar nästan en miljon år att tända lyset. En miljon år och sju dagar blir det ju. Jag fattar inget.
Adam och Eva kom dag sju. Väl?
 Nä, dag sex.
Ja, så långt hänger jag med. Men…
 Dinosaurierna. När fanns de? Fanns det inte något som hette Krita-tiden? Var det under dinosauriernas tid det? Hade de ätit upp alla människor så de hade

dött ut? Men då ska de skapas en gång till eller det var då som vi utvecklades från apan?

Ja, har vi inte utvecklats från apan? Detta hänger ju inte ihop alls… eller?

Eva åt av äpplet och då blev de utvisade från Guds trädgård. Men vart tog de vägen då? Vad hände med dem sen?? Människorna som kallades ormen i paradiset?

Tog de Adam och Eva?

Försvann Adam och Eva bara från jorden och sedan kom aporna?

Hade jag varit kvar i mitt liv nu hade jag bara skitit i detta och tagit en sil till och tagit allt detta för en hallucination. Detta var ju banne mig det värsta flum jag varit med om. Så många hallickar jag haft och trott att jag kunnat flyga, gått på vatten och massa sjukt så har jag väl aldrig ens tänkt på varför Eva är skapt från ett jävla revben.

Grillade revbensspjäll är inte helt fel. Det, och en kall bärs.

"Står du här och tänker på mat?"

Han är klar med sitt utslag och jag tar vagnen och börjar gå.

"Revbensspjäll tänkte jag på."

"Adams revben ger dig mycket bryderi." Säger han.

"Eller om det är ett dinosaurierevben?"

"Sidär. Nu har vi kommit en bit i tankeverksamheten. Bravo!"

"Då kanske du kommit på när Adam och Eva levde då?"

"Det verkar mer och mer troligt att de levde samtidigt med Jesus." Säger jag för det är så snurrigt i mitt huvud så jag vet varken in eller ut.
"Eller om de blev uppätna av dinosaurierna när de fick lämna Guds trädgård."
"För jag vet inte alls i vilken ordning allt detta var." Säger jag.
"Ja, det verkar väldigt rörigt det där, men för att reda lite ordning i det så skapade inte jag några människor på dag sex."

13

Jag stannar. Tittar på honom och nästan känner hur marken försvinner under mina fötter. Jag får andnöd. Det snurrar i huvudet. Jag mår illa.

"Glöm inte att andas" säger han.

Jag drar ett djupt andetag. Och ett till. Snurret försvinner. Och jag känner att jag fattar!

"Jamen. Så är det ju! Inte skapade du Adam på dag sex och Eva av hans revben. Du skapade ljuset sen tog det nästan en miljon år innan du skapade dem."

Han ser sig om. Sparkar lite med foten på en grästuva som inte borde finnas på en golfbana av denna dignitet.

"Jag skapade inte Adam och Eva alls" säger han och tittar lite plirigt på mig. Nästan som under lugg. Jag ler.

"Nej. Naturligtvis gjorde du inte det. Varför skulle du det? Inget annat är ju varit som vi alltid trott. Helt plötsligt! Så varför inte detta med? Vem skapade människan då?"

"Ingen. Eller. Ja, vi skapade ju liv. Encelliga små bakterier. Det fick vi fram i labbet. Sen har ni ju evolutionen att tacka för att ni finns."

"Evolutionen?"

"Ja, den biologiska muteringen kan man kalla den med. Tror jag."

Han hittade just sin boll. Och när han gör det är den mer intressant än den biologiska muteringen som ägt rum i miljoner år. Från encelliga bakterier i ett provrör på Laboratoriet of Universe till dagens toppmoderna människa med högteknologiska hjärnor av kaliber 45. Jag tror jag kommer att explodera!!

Jag skriker! Eller jag vet inte om jag gör det men det känns i alla fall som att jag gör det. För jag måste nog göra det innan jag exploderar. Jag tror jag blir galen. Varför kom jag hit och varför började vi denna diskussion? För att jag ville tillbaka till ett liv som luder och fortsätta knulla torskar!?!
Jamen, så jävla bra att jag saknat karlar som ska sugas av just nu! Annars hade jag ju aldrig fått reda på att Gud inte "uppfann" människan. Utan han uppfann en bakterie – och tydligen nöjde han sig med det!!
Han skapade LIV! Sen fick slumpen ta hand om resten då. VA?!

"Blir du upprärd?"
"UPPRÖRD!! Jag är i chock!!"
"Hade ni aldrig tänkt gå ut och berätta det här över huvud taget? Eller berättar du det här bara för mig? Varför just jag? Varför just nu? Driver du med mig?"

"Nej, Absolut inte! Du frågade och jag svarade. Svårare än så var det inte." Säger han.
Så många tänkare och filosofer som det funnits och ingen har tänkt detta?" Säger jag.
"Du menar att ingen har frågat dig förut så då har du inte behövt berätta då, eller vad menar du?" Jag är upprörd så jag nästan skakar.

"Naturligtvis finns frågan ställd hur allt hänger ihop och hur det inte hänger ihop. För när man verkligen fördjupar sig som vi gör nu, så hänger det ju inte ihop! Många forskare har ju kommit fram till detta men sen kommer det alltid till religionen som har tusentals år av traditioner på nacken och ingen vill röra i det. Det upprör ju något enormt! Och det vill ingen kyrka och ingen Gud heller så då faller frågan igen och alla fortsätter som de alltid gjort. Det vet väl egentligen alla att det är lite dålig koll på sanningarna. Det finns frågor som man helt enkelt inte vill ha svar på!"

14

"Det är inte många, om jag får säga, som tar sitt eget liv och sedan kommer och vill diskutera det med mig. Som ställer mig personligen till svars för sin handling så som du gör nu. Det var märkligt och även nytt för mig. Högst spännande tycker jag nu efteråt. Det är därför detta samtal utvecklade sig till ett väldigt intressant samtal. Samtidigt som tankar som jag inte har haft på väldigt länge kommit tillbaka. Det var uppiggande att det hände något nytt och det tackar jag dig för." Han bugar sig lätt. Jag stönar.

Åh Herre Gud! Skulle jag vara den som får Gud att tänka till på sin egen existens? Ja, mycket ska ett gammalt luder vara med om!

"Jag vill gärna bjuda dig på lunch på vår golfrestaurang. Så kan vi fortsätta samtalet när vi lugnat ner oss lite. Det är inte bra för hjärtat att hetsa upp sig så här, förstår du." Säger han skrattandes och visar in mig i foajén till restaurangen. Jag tycker han är ironisk.

Nyss var vi på en enorm golfbana. Perfekt klippta gräsytor kantade av buskar och träd. Allt grönt och fräscht. I nästa steg är man i en foajé. I vitt marmor och guld. Med vattenfall på ena sidan och panoramafönster åt andra sidan med vy över de gigantiska gröna vidderna vi nyss vandrat runt i.

Typiskt ett sådant här ställe som skulle ha gett mig enormt mycket ångest in real life.

Jag känner att jag fortfarande har hjärtklappning efter chocken jag fått.

Jag känner mig nästan dum i huvudet som inte begripit detta innan, det verkar ju ändå ganska absurt att han skulle "uppfunnit" människan på dag sex…

Jag behöver gå in på damernas och pudra näsan eller nåt. Typ. Nåt sånt…

Han nickar och pekar bortåt vattenfallet. Och till vänster om det är en dörr med "Ladys" på.

Jag piper in där och sätter mig på kanten av sminkbordet. Jag försöker andas med magen. Andas in. Andas ut. Jag vänder på mig och tittar mig i spegeln. Mitt glimmer ser aningen störigt ut så jag skakar på mig så det hamnar rätt igen. Det känns mycket bättre nu.

"Du förstår, Gud skapade inte människan. Det gjorde Evolutionen förstår du." Säger jag till mig själv i spegeln.

"Big deal då" säger hon i spegeln och ser på sina perfekt manikyrerade naglar. Hon filar dem lite till medan jag sitter och tittar på henne.

Hon i spegeln ser ut som jag skulle vilja se ut.

"Nä. Kanske inte. Det kanske i grunden eller i slutänden inte har någon som helst betydelse. Gud skapade liv sedan tog livet hand om det själv och skapade det bästa av de förutsättningar det hade.

Det där med sex dagar och vila på den sjunde är ju bara en jäkla liknelse! Som så mycket annat som kyrkan har sagt. Som de säger att Jesus gjort är ju också liknelser. Jo, jag vet. Men glömde…

Det tog tid men blev ganska bra, eller?

Eller, blev det bara skit? Är människan perfekt eller bara en missbildad jävla materia?

Vem kan avgöra det?

"Inte du i alla fall" säger hon i spegeln och skakar på sina gyllene lockar på huvudet.

Hur kommer det sig att min spegelbild ser precis ut så som jag hade velat se ut?

Hon skrattar och så går hon iväg.

En död hora från ett av storstadens värsta kvarter?

Knappast. Inte kan hon döma att någon har ljugit heller. Som Jesus sa: Den som är utan skuld kastar första stenen.

Det var ingen som kastade.

15

Han drar ut stolen och jag sätter mig tillrätta vid det vackert dukade bordet. Vit gammeldags linneduk, sådan som mormor hade när det hade varit kalas när jag var barn. Jag stryker över duken och minns med värme och ett styng av smärta. Kristallglasen med hög fot glittrar i solskenet som kommer in från fönstren. Han sätter sig mitt emot och ber mig berätta om mina minnen som jag tänker på.
Jag tar den vårgröna linneservetten och breder ut den i knäet medan servitrisen häller upp vin i glasen från en karaff, även den av kristall.

Jag tittar upp på honom och ler och han ler tillbaka. Jag kan förstå varför han ses som en fadersgestalt. Han är precis så som en riktig fader ska vara. Intresserad, älskvärd och mild. Men han vet också vem som bestämmer, han har auktoritet.
Så jag börjar berätta.

"Du hade rätt att jag fick den bästa av familjer när jag kom till mormor och morfar. De älskade mig och brydde sig om allt jag gjorde. De var alltid delaktiga, och jag i det de gjorde. Det hade jag ju inte varit med mina föräldrar. Vi levde ju liksom varsitt liv. Mamma, pappa och jag."

"En dag när mormor och jag satt vid husväggen och virkade, som hon alltid gjorde. Och morfar putsade på sin bil fick mormor en hjärtattack och dog. Hon bara dog. Hon satt där bredvid mig och dog. Med virkningen i handen dog hon.

Morfars hjärta brast och han dog tre månader senare. Jag hade nyss fyllt sexton år och hade precis slutat grundskolan. Socialen ville sätta mig i fosterhem men jag vägrade. Jag hade hört om andra barn som hamnat i fosterfamilj. Att de blev utnyttjade som pigor. Så jag sökte till en internatskola som låg ganska långt hemifrån och jag kom in. Flyttade in i en elevkorridor på skolan. Det var mycket bättre än ett fosterhem tyckte jag.

Det gick så fort alltihopa, jag hann knappast fatta vad som hänt innan jag var där.

Jag fick ju förstås en förmyndare som skulle se efter mig och mina intressen som det hette. Det var ju bara jag efter mormor och morfar och arvet skulle jag få ut efter examen. Det var inte mycket mer än huset. Men jag hade i så fall ett hem.

Under tiden jag pluggade jobbade jag extra på ett kontor. Jag sorterade papper i bokstavsordning i ett arkiv. Inte så upplyftande kanske men det gav de pengarna jag behövde.

Vi umgicks alla studenter där på elevhemmet. Skolan tog förstås en del tid och så men vi hann mycket annat med.

 Festa, bland annat. Vi som inget hade att åka till på helgerna var ju kvar och en hel del alkohol blev det. Vi provade på lite andra droger med. Men det var inget jag egentligen tyckte om. Jag tyckte det var bäst med vin."

 Jag lyfter glaset och skålar med honom och smuttar på det. Gott, riktigt gott.

"Här sitter jag och dricker vin med Gud." Säger jag och skrattar.

"Det bästa vinet man kan tänka sig, det berusar inte." Säger han. Han ler och nickar och ber mig fortsätta.

"Jag blev tillsammans med en av killarna som också bodde i korridoren. Jag hade ju blivit ganska gammalmodigt uppfostrad hos mormor och morfar så vi blev osams ibland. Han ville ligga med mig, men jag ville hålla på mig tills den jag skulle gifta mig med. Han bedyrade gång på gång att han älskade mig och ville gifta sig med mig när vi hade slutat skolan. Men jag såg ingen brådska i det då. Vi skulle ju hinna älska med varann många gånger när vi nu skulle gifta oss."

Jag tar en klunk vin och så kommer servitören med förrätten. En sallad med vårens härliga primörer. Det är väldigt fint upplagt på den vackra tallriken. En liten skål med sås så man kan dippa dem.

"Trevligt med lite plock så här när man sitter och pratar." Säger Gud och det är min tur att nicka instämmande.

"När examen närmade sig fick jag kallelse till överförmyndaren. Alltså, min förmyndares chef. Jag tänkte inte alls att det var något konstigt med det utan att det var så det gick till. Nu skulle jag få veta hur mycket pengar jag skulle få. Vi skulle gifta oss och köpa ett hus för pengarna. Vi hade planerat allt tillsammans.

Men det fanns inga pengar kvar.

Min förmyndare hade förskingrat dem. Vartenda öre. Han hamnade i fängelse men det hjälpte ju inte mig. Jag fick inga pengar. De kunde tyvärr inget göra för min skull. Bara vara glada att han fick sitt straff. Det sket väl jag i! Jag ville ju ha mina pengar. Jag ringde runt till massa instanser men ingen kunde göra något. Arvet efter mormor och morfar var borta. Jag var utblottad. Hade till och med studieskulder som jag skulle ha betalat in nu. Men som jag nu skulle få dras med i flera år. Det var hemskt. Hela min värld slogs itu och fötterna slogs undan från mattan totalt. Jag gjorde slut med min pojkvän för jag kunde ju inte göra honom lycklig nu. Det kändes så meningslöst alltihopa."

Vi satt tysta en stund och plockade med späda morötter och sockerärtor som krasmar sprött i munnen.

"Den dagen vi tog examen skulle vi ha en avslutningsfest. Strax intill skolan var ett strövområde. Där skulle vi ha festen. Vi skulle sova i tält och festa hela natten. Alla började samlas på sena eftermiddagen och det fanns gott om både sprit och annat med. De både rökte och drog i sig kokain. Jag hade provat några gånger innan men tyckte inte det var så häftigt. Jag ville verkligen inte ha men kände väl trycket så jag drog i mig en sträng med. Jag var ganska påtänd den här kvällen. Och det var vi allihopa för den delen.

Jag slocknade.

Jag vaknade av att någon höll på att bökade med mig, drog i mina kläder och någon höll fast mig. Jag vet att jag skrek men jag kunde inte röra mig.

Jag försökte titta upp och såg min före detta pojkvän rakt i ögonen. Jag blev nästan nykter med en gång. Han våldtog mig medan jag var utslocknad. När han var klar och reste sig upp hånflinade han åt mig.

"Låta mig vänta i flera år på det här. Så jävla märkvärdigt var det inte." Sa han.

Jag kunde fortfarande inte röra mig, jag hölls fast i armar och ben av hans kompisar.

Han stod bredvid och såg mig rakt i ögonen när de en efter en knullade mig.

"Ditt jävla luder, mig ville du inte med men nu har du knullat med halva klassen.

Han spottade mig rakt i ansiktet. Det var sista gången jag såg honom."

16

Servitören kom och dukade bort och kom med huvudrätten som var en gryta med grönsaker som jag aldrig sett förr. Troligen kom de från jordens alla små hörn som jag inte ens har hört talats om än mindre varit. Den var smakrik på både sött, salt och med syrlighet som kändes enbart fräsch. Vi åt en stund under tystnad. Njöt av den goda maten. Drack av det goda vinet som passade lika bra till detta som till förrätten.

När jag nästan hade ätit klart bad han mig fortsätta berätta. Det var underligt att få berätta min story utan att någon avbröt eller sade något fördömande. Eller med en massa inställsamt medlidande. Jag bara berättade och han lyssnade, rakt upp och ner. "Efter den här dagen var jag aldrig mer nykter. Jag samlade ihop alla små påsar med vitt pulver i tälten som jag kunde hitta. Jag tog mig in på skolan och duschade, hämtade mina grejer och drog därifrån. Jag hade ingenstans att ta vägen. Morfars hus var sålt och pengarna borta.
Jag hade inte längre något att sträva efter. Jag var så kränkt. Jag var så smutsig att inget mer betydde någonting. Jag hade nästan inga pengar. Det jag hade drömt om hade raserats på en natt och ingenting spelade någon roll.
Jag tog mig ner till tågstationen och klev på första bästa tåg som tog mig bort från hela skiten.

Jag hittade ett litet billigt hotell, typ vandrarhem strax bortanför stationen i den stad jag klev av tåget. Där stannade jag. Drog i mig allt jag hade. Sen gav jag mig ut på stan efter mer. Hittade en kåt langare som gärna gav mig lite mot ett knull. Han kunde till och med fixa kunder till mig så kunde jag få kredit också. Spela roll då? Jag hade ju redan knullat halva klassen! En torsk mer eller mindre. Tio torskar... hundra torskar. Jag var redan död. I tre år bodde jag kvar på det där stället. Jobbade på nätterna och sov på dagarna."

"Sen fick jag tjall på blindtarmen och hamnade på sjukan akut. De skulle operera mig men fick vänta tills jag var nykter. Det tog tre dygn innan de vågade söva mig. Då hade jag nästan dött i smärtor av både blindtarmen och abstinens. Jag blev opererad och sedan inlagd på avgiftning. Där var jag i tio månader och mådde relativt bra efter en tid. Det tändes ett hopp hos mig för första gången sedan den där festen.

Men sen släpps man ut. Frisk, glad, hemlös och arbetslös. Man har blivit peppad att man ska fixa vad som helst och man kommer ut med stora förväntningar.

Men man har ju ingenting! Ingenstans att bo, inget jobb, inget socialt nätverk mer än torsken man hade som hallick.

Vad tror de att man gör då? Det enda man kan förstås. Kröka och knulla. Naturligtvis trillar man dit igen när man inget annat har. Inget annat kan. Varför släpper de ut folk utan hjälpen då?

De borde fixa både boende och jobb innan man kommer ut. Man borde slussas ut sakta så man hinner med. Som ett dagisbarn som ska skolas in. Man behöver ju lika mycket hjälp att lära sig gå då som när man ska lära sig resa sig upp från skiten. Men nej, då ska man klara sig själv."

Jag tar en klunk vin och Gud fyller på mitt glas. Han ser på mig utan att säga någonting.
"Jag var med i svängen i fyra år till sen orkade jag inte mer. Jag bodde på ett härbärge där man var tvungen att vara nykter. Så den kvällen smugglade jag in både tabletter och sprit. De visste att jag brukade bada och jag älskade att ligga i det varma vattnet. Det var som en livmoder för mig. Enda gången man kände sig lite ren. Varmt, tryggt och inget ont i världen kunde nå mig. Jag låg där och knaprade piller som jag sköljde ner med vodka. När jag började känna mig lite dåsig tog jag rakbladet från rakhyveln och skar mig i handlederna. Ska det göras, ska det göras ordentligt tänkte jag. Jag var så trött på alltihopa. Kroppen var helt slut. Den orkade inget mer. Sen var det inte mer."

17

Jag varken skämdes eller kände mig stolt över min berättelse. Den är som den är. Det var mitt liv. Ett jävla skitliv blev det av omständigheter som jag själv inte kunde ha rått på.

Han lutar sig tillbaka, jag ser att han tar in min berättelse och funderar. Servitören kommer och frågar om det smakade bra.
"Underbart." Svarar vi medan han plockar bort tallrikar och vi väntar på desserten. Jag har alltid varit svag för efterrätter.

"Det här var mitt liv det. I sju år levde jag på gatan. Det är ett hårt liv. Du säger att jag sålde kärlek. Det gjorde jag inte. Jag sålde min själ till knarket. Jag sålde mitt liv till drogerna. Jag vill inte tillbaka till det. Jag vill inte ha det där livet tillbaka. Jag vill leva det livet som var menat för mig. Det livet jag hade kunnat få om mina pengar funnits kvar."
"Vad vet du om det livet?" frågar han och höjer ögonbrynen.
"Då hade vi gift oss. Vi hade köpt ett litet radhus i utkanten av staden och han hade fått jobb som jurist medan jag jobbat på skolan. Jag ville arbeta som kurator, hjälpa barn som hamnat som jag själv som barn. Vi hade skaffat två barn som växt upp tryggt med båda sina föräldrar. Vi hade varit vanliga Svensson men hade haft det bra." Säger jag och lutar mig bakåt och skrattar till lite förläget att jag

faktiskt tror att det hade varit en idyll att leva så. Vilket jag faktiskt tror. Lugnt, tryggt och stabilt!

Efterrätten består av chokladmousse. Grädde i en skål bredvid och en skål med frukter. Skurna i små bitar lagom att stoppa i munnen. Jag tar en jordgubbe, doppar den i chokladen och stoppar den i munnen. Den smälter på tungan. Det är så gott!

"Vill du se en bit av livet du tror att du hade fått? Vi kan snabbspola lite?"
"Kan man det?" Säger jag förvånat.
"Javisst!" Allt man vill kan man här." Säger han och skrattar.
"Gärna." Säger jag och strålar av den känsla som jag känner så starkt att jag skulle ha haft som lyckligt gift tvåbarnsmor.

Han tar upp en liten fickdator. Öppnar den och ställer den framför mig.
Filmen börjar rulla. Min livsfilm.

Jag ser mig själv stå vid en överfull diskbänk. Lutar mig mot den. Jag står och röker. Jag ser skitig och trött ut. Sliten? Jag skulle vilja hjälpa mig att diska men jag vill se mig om när jag ändå är här. Köket är mörkt och inte speciellt trevligt. Det är gammalt och väldigt slitet. Men varför är det så här? Jag låter kameran fortsätta ut i hallen och in i vardagsrummet. Där sitter min man och ser på tv. Jag ryggar nästan till när jag ser honom igen efter alla dessa år. Han är sig lik. Han har jeans men ingen tröja på sig. Han är skäggig och har fått ölmage. Han ser inte alls lika trevlig ut som jag minns honom. Han sitter med en ölburk i ena handen och en cigarett ligger och pyr i en överfull askkopp.

Han vänder sig om och ser på mig.

"Sa jag inte åt dig att inte störa mig nu!?"

"Äh, förlåt" säger jag lätt chockerad och jag drar kameran bakåt. Jag ryggar nästan där jag sitter i restaurangen med.

Då ser jag att mitt jag i den här filmen kommer in i rummet.

"Vad sa du?" säger jag.

"Jag sa du skulle hålla käft!" skriker han och reser sig upp.

"Jag har väl för fan inte sagt någonting. Är du inte klok!?" Säger jag medan jag ser på mig själv och undrar varför vi är sådana här.

Varför skriker vi och varför är det så snuskigt här? Det var inte alls så här vi skulle ha det.

Han avbryter mina tankar genom att skrika "Va fan sa du! Sa du att jag inte var klok?"

Han väntar inte på att jag ska svara. Han tar rummet i två kliv och jag ser hur örfilen svingar över mitt ansikte. Jag ryggar till medan jag står bredvid och ser mig själv börja blöda i mungipan.

"Din jävla idiot!" Skriker jag och håller mig för ansiktet.

Jag sitter som förlamad och bara ser på skärmen på bordet. Jag blinkar. En tår svider i ögonvrån.

Jag hör ett barn börja gråta från ett annat rum. Jag ser mig själv ta upp förklädet, torka av mig blodet på det och så lämnar jag rummet för att ta hand om det ledsna barnet.

Gud trycker på snabbspolningen och så kommer ett annat avsnitt av mitt drömda liv.

Jag sitter ensam i en kyrka. Jag gråter. Tårarna rinner ner för mina kinder. Jag känner att jag sätter mig bredvid mig själv. Lägger armen om mig och ber mig berätta.

Jag ser upp i mitt eget ansikte. "Han dödade henne" säger jag.

"Han dödade mitt barn. Han kastade henne ner för trappan för hon skrek.

Hon hade öroninflammation och skrek. Han kunde inte sova när hon skrek."

Jag kan inte svara henne för jag förstår ingenting. Jag har inga ord. Min hjärna står still.

Han dödade sin och min dotter för att hon skrek när hon hade sådan värk att hon inget annat kunde.

"Hur gammal var hon?"

"Tre år."

"Vårt andra barn då? Var är det? Visst hade vi två?" frågar jag.

Hon nickar. "Ja, vi hade två men det säger han att det dog i plötslig spädbarnsdöd. Men jag tror inte på det. Jag var sjuk och han skulle passa henne. Nästa morgon låg hon död i sin säng. Hon var bara fyra veckor."

"Jag borde ha förstått och gått ifrån honom redan då. Men jag kunde inte. Det gick inte. Jag orkade inte."

Tårarna rinner nerför bådas våra kinder. Vi håller varandras händer. Vi är just nu ett. Och ensammast i hela världen.

"Var är han nu?" frågar jag och undrar samtidigt var vi är någonstans. Ser mig om men känner inte igen mig. Den här kyrkan är ingen jag sett tidigare.

"Han är död. Jag stack en kniv i han." säger jag med en självklarhet.

Jo, det är klart att jag gjorde. Han var inte värd ett skvatt mer än det.

"Han spelade och söp bort alla våra pengar. Alla mina pengar. Det var bara dem han var ute efter hela tiden. Och det är så löjligt för så mycket var det ju inte. Gifta sig och skaffa barn för knappt en halv miljon, va!?" Hon skakar på huvudet.

Då kommer det in en man, han stannar strax bakom och harklar sig.

"Tiden är slut. Du måste gå nu men tack för att du kom säger hon och reser sig upp. Jag måste tillbaka till min cell nu."

Jag tittar på mannen och ser att han är en vakt. En fängelsevakt.

Jag sitter i fängelse för att ha dödat mannen som dödade båda mina barn. Var fan är rättvisan i världen?

18

"Var det så här det skulle ha blivit om jag haft mina pengar och vi hade gift oss?"
Han ser på mig och jag förstår utan ord att det stämmer. Det skulle ha blivit så här. Ska jag då tänka att det var ju tur att jag blev våldtagen och slapp bli misshandlad då? Tur att jag blev hora så jag slapp att se mina barn bli dödade.
Jaha. Men då har jag ju levt ett ganska bra liv. Trots allt då.

"Har du sett den biten av mitt livs film när jag blev våldtagen?" Frågar jag honom.
"Har du sett filmerna från alla nätter de där sju åren? Har du sett alla sjuka torskar jag mött?"
Han nickar jakande. Han har sett hela mitt liv.
"Det finns alltid ett val. Du tog ett val när du inte ville till fosterhem utan ville stå på egna ben. Du tog ett val när du samlade ihop alla påsar och drog till stan. När du gjorde dig själv till ett offer för de där männen som gjorde dig illa."
"Gjorde jag mig till offer? Var det inte de som gjorde mig till det? Det var de som gjorde mig så rysligt illa, de som skadade mig så ini helvete!"
 Jag förstår inte alls vad han menar med det här.

"Jag menar att du kunde ha valt att blivit stärkt. Du kunde ha blivit förbannad. Du skulle ha anmält dem för polisen. Du hade pluggat i fyra år och var nyutexaminerad socionom. Du visst ju hur man gör när sådant här händer. Men istället kröp du iväg med svansen mellan benen och gjorde dig själv till offer. Du lät de här männen fylla dig med hat till dem och till din egen kropp att det förstörde hela ditt liv. Du kunde ha gjort detta till en stor erfarenhet där du hade haft en otrolig förståelse när du i ditt arbete mött flickor i samma situation."

"Men du gjorde det valet du gjorde och då blev det såhär. Man kan inte vrida tiden tillbaka men du hade blivit en otrolig tillgång i rättsvärlden för flickor som far illa. Den filmen finns också."
Säger han och lutar sig bakåt och ser på mig medan jag tar in det han sagt. Den tanken hade aldrig slagit mig. Att jag hade kunnat anmäla dem. Att kunna trotsa dem och anmäla dem, låta dem betala dyrt för vad de gjort mot mig. Herregud, jag måste vara helt galen. Min hjärna är ju tom. Helt tom. Men då ville jag bara fly. Ville bort från alltihopa. Jag ville inte vara nykter och klar i huvudet. Ville vara bortdomnad för resten av mitt liv. Det hade besparat mig mycket om jag hade tagit livet av mig redan då, där i skogsdungen bredvid skolan.
Vi sitter länge tysta. Och funderar på detta. Att val är så viktiga. Att tänka efter innan man tar ett beslut. Att man faktiskt tar ett beslut. Inte bara väljer efter det första som kommer upp i ens huvud, utan sätter sig ner, tänker efter och tar ett medvetet beslut.

"Och det var ännu ett fel val jag gjorde då? Jag borde ha flyttat till en fosterfamilj? Jag har sett på tv hur folk tar fosterbarn bara för pengarnas skull. Ungar som bott i en garderob medan de "så kallade" föräldrarna levt gott på samhällets pengar. Nej, tack! Det hade inte varit något för mig. Absolut inte." Säger jag och sätter armarna i kors framför bröstet.

"Jag har facit på den med. Vill du veta hur det hade varit? Men det kanske du inte vill?" Säger han och böjer sig fram. Det syns tydligt på honom att han vill att jag ska vilja veta. Men… varför då? Men. Jo, jag vill veta. Har jag gjort mig allt besvär och kommit hit så vill jag veta allt.
"Ok. Visa mig då."

Han knäpper på den lilla fickdatorn och ännu en film börjar snurra.

"HENRIETTA!!"
"Maten är klar sa jag ju!"
Jag står i dörröppningen till hennes ateljé som hon har i uthuset.
Snälla älskling, gör lite att äta! Jag svälter snart ihjäl, säger hon, men sen kommer hon ändå inte när jag säger att det är klart.
Hon tittar upp från leran hon håller på med.
 Henrietta är keramiker. En riktig konstnärssjäl.
"Är maten redan klar?" Säger hon förvånat. Reser sig och torkar av händerna på en trasa.
"Maten har varit klar länge." Säger jag och hyttar med näven mot henne och hon skrattar. Jag skrattar med. Man kan inte låtsas vara arg länge på

henne. Hon är som hon är. Snäll, go och inne i sitt arbete.

Hon kommer mot mig och ger mig en kram.

"Vad gjorde jag utan min lilla huspiga"? Säger hon och klappar mig på kinden.

"Svälte väl ihjäl" Svarar jag. Och skrattar tillbaka.

Vi tar varandra i hand och går över gårdsplanen. Hennes röda lockiga hår sitter i en knut mitt uppe på huvudet och den guppar när hon går. Hon håller ut handen och smeker blommorna i rabatten när hon går förbi dem. Flox, lupiner och stormhatt växer nästan helt vildvuxet här. Syrenerna i bersån har blommat över med trädgården är full med dofter ändå.

Jag har dukat i bersån som vanligt.

Kalla köttbullar, smör, bröd och ost. En iskall lättöl till Henrietta och en sockerdricka till mig.

Vi sätter oss mitt emot varandra och brer varsin smörgås.

Hon stoppar en köttbulle i munnen.

"Mmm vad gott!"

Jag tar också en köttbulle och stoppar i munnen. Henrietta gör nog världens godaste köttbullar. Nästan att de är godare kalla. Kanske för att vi oftast äter dem kalla.

Hon lagar mat en hel dag och fyller frysen sen äter vi tills den är tom sen lagar hon mat en hel dag igen.

"Jag måste vara klar ikväll med det jag gör nu. Sen bränner jag i morgon. Nästa helg vet du ska vi på utställningen och då hoppas jag sälja alltihopa som finns nu. Sen ska vi vara lediga. Bara du och jag,

Stumpan. Du blir väl inte ledsen att jag jobbar så här mycket?"

"Nej, inte alls. Jag har haft tre prov i skolan den här veckan så det är helt ok att du jobbar då för jag har inte tid med dig i alla fall." Säger jag och skrattar.

Hon skrattar med men spelar lite sårad att jag inte har tid med henne.

"Det är bra. Du är så duktig och jag är så stolt över dig. Din mormor är så stolt över dig. Det vet du, Stumpan!"

"Jo, det tror jag nog att hon är. Jag tycker det är lite orättvist att du kan känna att hon är här men inte jag. Jag vill känna av mamma med men jag är väl inte tillräckligt synsk jag."

Henrietta skrattar och klappar mig på armen.

"Nej, det är du inte. Du är alldeles för jordnära för det. Jag är mer luftelement vilket gör att man blir lite mer sensibel."

"Det är alltid bara mormor som kommer, varför tror du inte mamma kommer och tittar till oss?" Frågar jag.

"Troligtvis för att hon redan har gått vidare till sitt nästa liv. Och hon och du fick nog aldrig den nära kontakten som mormor och du hade. Hon var väldigt sjuk din mamma."

Jag nickar. "ja, och morfar har säkert bilen med sig in i himmelen så han har inte tid med annat."

Vi skrattar båda två och stoppar mer köttbullar i munnen.

"Jag är så glad att det löste sig så bra till sist. Jag var så rädd och orolig när socialen började prata om fosterfamilj. Man har hört så många skräckhistorier om barn som bara utnyttjas för pengarna. Jag hade aldrig överlevt ett sånt ställe. Jag hade tagit livet av mig." säger jag och stoppar resten av smörgåsen i munnen.

"Så länge som jag har känt din mormor och morfar så var det självklart för mig att ta hand om dig. Du har haft nog med elände för att vara så ung. Nu ska vi bara ha det bra du och jag. Inte ens tänka på sånt där tråkigt. Om tre veckor börjar sommarlovet och om fyra veckor är vi i Paris. Kan livet vara bättre?"

19

Jag trycker själv på pausknappen.
Lutar mig bakåt och känner hur tårarna bränner
bakom ögonlocken.
Henrietta. Jag hade inte haft en tanke på Henrietta.
Men nu så... så självklart att jag hade flyttat till
Henrietta. Eller kanske inte? Hon var ganska
självupptagen väl? Eller? Bara hängivet sitt arbete.
Hon arbetade jämt. Sen hade hon en utställning
sedan åkte hon till Paris. Det var hennes liv.
Min fosterfamilj hade varit Henrietta.
Henrietta är alltså mormor och morfars granne och
bästa vän. Mormor höll alltid ett öga på henne när
hon arbetade för då glömde hon ofta att äta. Så då
fick jag gå dit med en matlåda till henne. Jag satt på
en liten pall bredvid henne och hennes arbetsbänk
och kände dofterna av mormors köttgryta blandas
med dofterna från leran och brännugnen. När hon
var klar med ett arbete kom hon över och satt med
mormor och mig och tittade på morfar när han
putsade på sin bil. Då drack de rött vin och jag fick
sockerdricka.
 Vi passade hennes hus när hon for till Paris. Då
gick jag ofta runt i hennes trädgård som var så
vildvuxen men sagolikt trolsk med alla dofter och
alla blommor man kan tänka sig. Syrener, Aklejor,
Riddarsporrar, ja, jag kan rabbla många många.

När morfar dog var antagligen Henrietta i Paris. Hon
måste ju precis åkt iväg. Och jag kunde väl inte

tänka eller någonting. Och när hon kom hem var vi borta och huset sålt. Men herregud! Stackars Henrietta! Hon måste ju trott att, ja, jag vet inte vad hon trott. Att jag med dött eller?
"Hur känns det?" frågar Gud.
"Jag tror jag är i chock." Säger jag.
Han ler och häller upp lite mer vin till mig.
"Himmelsk vin blir man inte berusad på, säger han, visst är det bra!" Jag nästan sveper glaset.

"Ja, jag, jag hade inte en tanke på Henrietta då. Allt hände så fort. Jag blev så rädd när de sa att jag skulle till fosterhem att jag inte ens tänkte efter vad det innebar. Tänkte aldrig efter vad för hem eller hos vem. Jag hade ju ingen familj kvar."
Jag sitter tyst en stund och snurrar på vinglaset.
"Mer än Henrietta då." Tänker jag högt.
"Hade hon varit hemma hade allt blivit annorlunda."
"Ödets ironi. Som att spela roulett. Henrietta hemma då blir allt bra. Henrietta borta, allt går åt helvete."

"Jag skyller inte på henne. Absolut inte. Men jag skyller på ödet. Hade morfar levt lite längre hade hon kanske varit hemma. Hon var aldrig borta så länge."

Jag känner mig lurad. Lurad av ödet. Nu dog jag som ett uttjänat gammalt luder i ett badkar. Blodigt, med sprit och tabletter. Så jävla… simpelt.
 Om Henrietta och jag flugit till Paris och störtat hade det varit bättre. Det hade varit att dö värdigt.
Gud nickar.

"Ja, ödet, döden kommer du aldrig ifrån men det är hur man dör som gör skillnaden här."

"Ja verkligen. Det hade varit helt annat. Då hade jag ju dött, medan jag var älskad. Henrietta älskade mig."

Jag snyftar.

"Nu dog jag övergiven, skitig och oälskad. Det var en sån smutsig död."

Han säger ingenting. Det känns som det inte finns något mer att säga.

Just då börjar det pipa. Han tar upp en personsökare ur fickan.

"Tyvärr, men jag måste tillbaka till kontoret. Vill du vänta eller kan vi ses senare?" frågar han samtidigt som han reser sig.

"Det känns som jag inte kan lämna dig nu, mitt i detta." Säger han.

"Jag vill nog titta till Henrietta. Men jag träffar dig gärna senare och fortsätter prata. Om du vill? Och har tid?"

"Jag har absolut både lust och tid. Säg till personalen här när du är tillbaka så kommer jag strax. OK?"

Jag nickar och han går bort genom borden och försvinner i ingenstans.

Jag sitter kvar en stund. Jag ser ut genom fönstret på den gröna gräsmattan där flera håller på att träna puttar. Underligt det här tänker jag. Små vägar som tråcklar sig fram till ett liv som helt plötsligt ändrar riktning åt ett helt annat håll på grund av omständigheter som dyker upp från ingenstans.

20

Jag har blivit ganska bra på att förflytta mig som astral. Man bara tänker på den plats dit man vill och vips är man där.

Jag öppnar ögonen och sitter på mormors och min bänk utanför vårt hus. Det är samma bänk men det är inte morfars fina bil som står på uppfarten. Där står en gammal grå Volvo. Gräset är nyklippt och blomrabatten är välrensad. Det bor skötsamma människor i mormor och morfars hus. Det är bra. Jag reser mig upp och kikar in genom köksfönstret som är bakom bänken. Där sitter en man och läser en dagstidning. Han har läsglasögon längst ner på nästippen och ser koncentrerad ut. Det verkar ha hänt något intressant tänker jag medan jag står och ser på honom en stund. Han märker förstås inte av mig och jag vänder mig strax och går grusgången fram mot grinden som leder till Henriettas trädgård. Första gången jag går på en grusgång och det inte hörs något. Men jag är astral och jag går inte alls på grusgången, jag glider fram ett stycke ovan den. Jag stannar vid grinden och ser in i Henriettas trädgård. Den är lika vildvuxen som när jag var där sist. Fast det är många år sedan nu känns det ändå som alldeles nyss jag var där.

Jag tar mig in i trädgården och vandrar runt där bland lupiner, pioner, prästkragar och aklejor. Jag insuper dofterna och tårarna kommer åter. Detta är min barndoms dofter. Jag känner hur mitt glimmer gnistrar starkare när det blitt vått av tårar. Jag vill skrika men jag kan inte.

Jag tar mig fram till fönstret som står på glänt till hennes ateljé och jag hör Henrietta sitta och nynna. Precis som hon brukar göra när hon börjar skissa på nya idéer. Hon har antagligen nyss kommit hem från Paris. Jag känner hennes rutiner så väl. Och jag ler när jag ser henne. Och minnen kommer över mig. Henrietta arbetar hårt när hon arbetar med leran. Koncentrerat och disciplinerat. Sen säljer hon allt hon gjort. Genom utställningar eller beställningar hon redan har fått. Sen åker hon till Paris. När hon kommer hem har hon fått ny inspiration och börjar skissa igen. Då är hon lättsammare i sinnet och sjunger eller nynnar. Det gör hon aldrig när hon arbetar med leran.

Hur kunde jag helt förtränga henne ur mitt medvetna när jag hamnade i det trauma som det var när morfar gick bort? Jag fattar det inte. Det borde väl ha varit Henrietta om någon som jag tänkte på. Men inte gjorde jag det. Men jag var i chock fortfarande efter mormors död. Och sen morfars så tätt inpå. Jag kan inte förklara det på något annat sätt än så. Att jag inte tänkte över huvud taget.

 Precis som efter våldtäkten.

Att jag bara ville fly. Som alltid när jag får ångest. Sticker huvudet i sanden och flyr undan alla problem.

Jag tar mig in och sätter mig på pallen där jag brukade sitta och titta på när hon arbetade förr. Den står fortfarande kvar på sin plats. Det känns så hemma och så bekvämt att vara här och jag känner mig nästan lycklig för första gången på väldigt länge.

Jag sitter på pallen och dinglar med fötterna, jag når ju inte ner till golvet och jag lyssnar på Henrietta som sjunger något franskt som jag inte förstår men tycker låter så fint. Jag väntar på att mormor ska ropa att maten är klar. Men det kommer hon ju förstås inte att göra. Det känns som vi sitter så här i evigheter, Henrietta och jag.

Henrietta slutar plötsligt sjunga. Hon sträcker upp huvudet och ser framför sig. Hon lägger från sig pennan och blocket och vänder på huvudet och ser sig runt om i rummet. Hon tänker. Eller känner efter. "Hallå?" Säger hon. "Är det någon här?" Hon reser sig upp och vänder sig mot mig där jag sitter på pallen. Hon tittar på pallen men inte kan hon väl se mig?

Hon tittar ut genom fönstret sen går hon ut på trappan men kommer in igen.

"Det är någon här. Jag känner det. Undrar vad jag fått för fint besök så här på eftermiddagen då?" säger hon och sätter sig åter och börjar skissa.

Jag vet inte vad jag ska göra. Ska jag på något vis visa att jag är här? Jag vet ju att Henrietta är en av de känsliga. Hon pratade ofta att hon kände närvaron av de döda. Hon kunde tala med sin mamma som varit död i många år. Det hade bott en kvinna i Henriettas hus som dött där. Henne kände hon av ibland.

Hon sa att hon kom tillbaka för att se att Henrietta höll hennes hus rent och fint.

Hur ska jag kunna visa att det är jag som är här? Kan jag skaka lite på mig, hör hon mitt glimmer? Jag vill be om förlåt. Jag skulle så gärna vilja prata med henne. På något sätt måste det gå att få kontakt med henne. Jag försöker skaka på mig så det skramlar men det skramlar inte i glimmer, det knastrar mer.

Och faktiskt Henrietta vänder som om igen. Hon ser på pallen och jag skakar på mig igen. Jag reser mig upp och försöker röra mig fort som sjutton. Jag höjer mig mot taket och svischar förbi henne så snabbt jag kan. Hon ser sig om igen. Jo, hon reagerade på det. Jag försöker en gång till.

Svischar förbi hennes ansikte. Så nära som jag törs. Hon tar sig om kinden. Och stryker undan sitt hår som om det skulle ha blåst fram i ansiktet. Jag väntar.

"Det är någon här som vill mig något." Säger hon för sig själv. Hon blir inte rädd utan verkar mer som hon precis vet vad som händer.

Hon tar fram sin telefon och slår ett nummer. Det går fram ett par signaler innan någon svarar i andra änden.

"Ja, hej du. Hur är det? Bra. Jo, jag har börjat skissa lite. Ja, det känns så bra nu så. Jättefint. Jaa. Jag tror jag har besök här, det är något som knastrar och så känner jag ett luftdrag, det känns så tydligt att någon vill mig något. Jag tror jag ska ta fram pendeln, vill du vara med? Alltid lättare när man är två. Man kan slå ihop energierna och de blir starkare. Ja, precis. Vad bra. Ses vi om några minuter då. Kul!"

Hon lägger ifrån sig telefonen. Sen går hon ut och öppnar skåpet i farstun. Där har hon en skiva, med en cirkel på och bokstäver i. Jag har sett det förr. Det är en pendeltavla. Hon kan tala med andar genom en pendel som hon håller över på den här tavlan. Och nu vill hon prata med mig. Och jag ler från öra till öra! Jag ska få prata med Henrietta. YES!!

21

Hon drar fram bordet och lägger tavlan på det.
Ställer fram ett ljus bredvid. Och sedan tar hon fram
ett smycke. Det är en genomskinlig prisma som
hänger i en guldkedja. Jag tror det är en bergkristall.
Hon går och småplockar lite medan hon väntar på
den som ska komma. Radar upp pennor. Lägger
pappren i rakare högar. Sen hör vi båda att någon
kommer på gruset och dörren öppnas.
"Halloj i stugan. Men vad spännande!"
"Ja, verkligen. Jag kände att det satt någon här och
tittade på mig. Och sen när jag fortsatte att arbeta
så hörde jag något som lät. Nästan som en mus
eller nåt. Sen kände jag ett luftdrag flera gånger i
ansiktet. Till och med håret flög på mig."
"Men jisses då."
"Ja visst. Det kändes så tydligt att det är någon här
som vill något. Visst är det märkvärdigt."

Jag känner inte igen den andra kvinnan som har
kommit men de fortsätter att prata om det märkliga
med detta att Henrietta kan förnimma rörelser från
andra sidan. De har tagit fram pendeln på bordet ett
par gånger förut och pratat med andar från den här
sidan som jag nu är på. Den andra kvinnan kan inte
känna det som Henrietta kan men hon fungerar bra
med pendeln. Man måste inte vara två för att kunna
använda det. Men de kan förstärka varandras
energier och få lättare svar på sina frågor.

De sätter sig på varsin sida bordet och Henrietta
håller pendeln över tavlan med bokstäver.
Småpratat dem emellan tystnar och allvaret smyger
sig på.
"Jag känner rörelser av att någon är här. Jag vill
veta vem du är." säger Henrietta.
Hon håller pendeln över den tomma ringen i mitten
på tavlan.
Nu är det alltså meningen att jag ska kunna flytta
pendeln runt bokstäverna så det bildar mitt namn.
Jaha, hur ska nu det gå till? Jaja, det visar sig nog.
För den goda saken skull så måste jag ju.
Jag koncentrerar mig allt vad jag kan och lyfter mig
upp på skivan och känner hur jag tar tag i smycket
och puttar det runt på skivan. OCH- JA! Det funkar!
Det rör sig. Jag behöver bara blåsa lite på det till en
bokstav i taget så det bildar mitt namn. Så!
Jag stannar upp och tittar på Henrietta. Hennes
tårar bildar kanaler på kinderna. Men snälla, jag ville
inte göra dig ledsen. Förlåt! Snälla förlåt.
"Men lilla Stumpan. Är det du? Är det du som är
här?" Säger hon och torkar tårarna med baksidan
av sin hand.
Jag koncentrerar mig igen och börjar blåsa på
pendeln igen. "JA" säger jag och sedan "FÖRLÅT"
Henrietta och den andra kvinnan som jag känner
heter Elisabeth ser på varandra. Henrietta lägger
från sig pendeln och Elisabeth säger att hon tror att
jag kommit för att be Henrietta om förlåtelse för att
jag bara försvann.
"Men älskade lilla vän. Inte behöver du be mig om
förlåt. Det är ju jag som ska be dig om det. Jag var

inte hemma. Jag hade inget telefonnummer lämnat
er ens. Jag bar mig verkligen åt som, ja, jag vet inte.
Oansvarigt! "

"Det var det där gamla benets fel, säger Henrietta,
Det var den gången jag trillade ner för trappan på
hotellet och bröt benet." Berättar hon för både
Elisabeth och mig.

"Jag blev opererad och fick ligga kvar på sjukhuset
där. Sedan blev det att jag var kvar lite längre än jag
brukar. Det var så bökigt med flyget och benet. Värk
hade jag och usch, fy vad tråkigt och jobbigt det
var." Säger hon och skakar på huvudet. Torkar sig
om näsan och ögonen med näsduken.

"Men Henrietta, säger Elisabeth, inte kunde du rå
för det och inte heller veta att det skulle hända
sådana tragiska saker när du var bortrest?"

"Men ändå, det kunde ju ha hänt något med mitt
hus eller vad som så de skulle behöva få tag i mig.
Så självklart att jag skulle ha lämnat ett
telefonnummer. Och helst efter det när Stumpans
mormor hade gått bort." Hon skakar på huvudet och
torkar åter sina tårar.

"Socialkontoret gjorde väl vad de trodde var bäst.
Att de skulle sätta dig i fosterfamilj så långt bort som
möjligt. Vad nu det skulle vara bra för? Det har jag
frågat mig flera gånger. Jag krävde och bönade om
att få kontakt med dig men nej! Det var bäst för dig
att klippa alla band sa de bara. Sen läste jag i
tidningarna om vad som hänt. Såg det i legala
nyheter. Inte ens en riktig dödsannons fanns det.
Det var hemskt. Lilla Stumpan… som du måste ha

lidit. Och jag kunde inget göra för dig för jag visste inte vart du var. Inte förrän det var försent."

Det blir tyst i rummet. Man hör bara Henriettas snyftningar i näsduken. Elisabeth reser sig och häller upp varsitt glas rött vin till dem som Henrietta förvarat under bänken. Hon ger det ena till Henrietta som tacksamt tar emot och tar en rejäl klunk.

De börjar åter småprata om hur det hade varit när Henrietta kom tillbaka från Paris. Huset var sålt och vi var alla borta och hon fick inget veta om mig. Hon hade besökt mormors och morfars grav flera gånger.

De hade sagt henne att jag var hos fosterfamilj. Men det var jag ju inte. Hon hade ju lätt kunnat få kontakt med mig genom att ringa till skolan. Vi hade ju till och med elevtelefon i korridoren. Jag förstod inget av socialkontorets lögner. Vad skulle de ha varit bra för?

Elisabeth tar upp pendeln.

"Vi måste fråga varför hon tog livet av sig." Säger hon och Henrietta nickar.

Elisabeth håller pendeln och ber mig berätta.

Jag kan ju inte snurra runt här massor utan det får ju faktiskt bli enstavigt och lättförklarat tänker jag för mig själv innan jag börjar.

"Inte Fosterhem. Internatskola."

Det tar verkligen på krafterna detta. Jag måste vila en stund. De får grunna på det där ett tag.

"Inte fosterhem? Var hon inte på fosterhem utan på internatskola? Men vad menar hon. Jag ska ta kontakt med socialkontoret igen, jag, säger Henrietta.

Ja, känner jag min Stumpa rätt så stämmer det här. Kunde hon bestämma något själv då. Ja, då åkte hon inte till fosterfamilj långt borta. Varför har jag inte förstått eller ens grävt mer i det här? Va, kan du förklara det för mig?

Nu sitter jag nästan här och blir förbannad! Har den där jävla socialkärringen ljugit för mig då... Då kommer det ta hus i helvete här! Det kan jag lova."

"Såja, försöker Elisabeth. Vi får inte ta det här på för stort allvar. Men mycket värt att kolla upp fakta i detta efteråt. Naturligtvis ska vi det."

"Jaa, sannerligen att vi ska." Säger Henrietta.

Hon håller upp pendeln igen och jag stavar ordet "våldtagen på skolan. Hemskt. Drog bort efter det".

"Våldtagen? Blev hon våldtagen? På skolan. Nää. Men kära nån..."

De bollar tankar och idéer länge mellan sig och bra det för jag är slut i glimret. Jag kommer ha träningsvärk i morgon.

Men, vad gör jag inte för att Henrietta ska veta och förstå vad som har hänt.

Hon tar upp pendeln och vi fortsätter.

"Droger. Hora. Skam. Död."

Jag lägger mig raklång rätt över bordet.

Hjärtklappning och andnöd.

Henrietta dricker upp vinet och får ett glas till.

"Jag vet ju att hon tog sitt liv men inte att hon levt så här. Jag hade varit hennes räddning. Hade jag varit hemma hade hon aldrig varit på någon internatskola.

Då hade inget av det här hänt och hon hade levt idag."

"Du får inte säga så, säger Elisabeth, det är ödet. Det är redan förutbestämt. Och du hade inget kunnat göra åt det här. Ingenting."

"Äsch, förutbestämda öden är ju bara till för att stilla våra samveten. Tror vi att all skit är förutbestämt så behöver man inte ha dåligt samvete för det man kunde ha gjort något åt. Bullshit!" Säger Henrietta och sveper glaset igen.

"Ja, vad du än säger så kan man i alla fall inte dra klockan tillbaka och göra det som är gjort ogjort. Så dåligt samvete tjänar bara illa till." Säger Elisabeth.

"Jo, det har du så rätt i. Vännen min." Säger Henrietta och lägger sin hand i sin väns.

"Men vad jag saknar den ungen och vad annorlunda allt hade varit nu för oss alla här om jag inte hade varit i Paris och klantat mig så där. Stumpan hade ju självklart bott här hos mig. Men så, händer det något som man inte vet och ingenting blir det samma igen."

"Hur olika händelser styr och ställer med slumpen eller vad man ska kalla det. Och vad det faktiskt påverkar oss på så många olika sätt. Även om man tänker att man alltid står inför olika val så gör just det valet en stor skillnad i mångas liv i många år efter. Eller för alltid."

De smuttar på vinet och försvinner bort var och en i sina egna tankar.

23

Jag ligger kvar en stund och lyssnar på deras
småprat, känner ledsamheten från dem båda men
också den värmen från Henrietta som jag hade fått
om jag hade tänkt ett steg längre än näsan räckte
den gången.
Men som sagt, gjort är gjort, nu är det ju ingen
ångervecka så varför ångra…
Jag blundar och tar mig tillbaka till golfrestaurangen
i en faslig fart. Så fort att jag inte kan styra ordentligt
och plums ligger jag i min egen chokladmousse. Är
troligen lite seg efter seansen!
Så kort tid har gått att de inte hunnit duka av och
min chokladmousse är bara halvt uppäten och nu
ligger det mesta av mitt glimmer i den. Jag försöker
slicka i mig om händerna och försöker ta mig ur när
servitrisen kommer fram.
Han ser lite nedlåtande på mig. Trots minen
försöker han att hjälpa mig ur skålen och putta ner
mig från bordet.
"Jag ska säga till att ni är tillbaka. Under tiden
kanske ni kan besöka damernas." Säger han med
en sammanbiten min.
Jag kan inte fatta varför han inte lägger i med ett
gapflabb.
Jag bara nickar och svävar förbi honom ut till
damernas. Väl där sätter jag mig i handfatet och
låter vattnet skölja mig. Jag fnittrar för mig själv för
det kan inte ha sett klokt ut. Fördelen med att vara

astral är att man även ändrar storlek. Tänk om jag lika stor som när jag levt hade trillat in på bordet, då hade det gått i kras.

Jag tar mig upp ur handfatet och ställer mig under handtorken. Den blåser mig strax torr och jag skakar mig själv på plats igen.

Jag står kvar en stund och begrundar vad jag just upplevt.

Henrietta. Och ett brutet ben. Jag kom aldrig till Paris tillsammans med Henrietta.

Det finns ingenting jag kan göra åt det. Ja, jag kan fara dit nu visst. Bara att blunda så är jag där... men inte är det samma sak.

Det är så konstigt alltsammans att det nästan är bisarrt. Att jag hade kunnat leva så gott och så blev det så fel. Men vad hade hänt sedan?

När jag hade blivit äldre och flyttat från Henrietta. Var hade jag styrt mina steg då? Det hade säkert gått åt helvete i alla fall.

Om ödet är bestämt redan innan. Att jag skulle dö som ung så vad spelar det för roll då?

Och hur länge ska jag hålla på att älta detta då? Det är ju som det är. Finns ingen ångervecka. Jag är död, kremerad och askan av mig är spridd.

Det är väl dags att börja förbereda mig för nästa liv. Det blir väl som att dra en lott vad det må bli då. Som självdödare måste man lära sig något extra viktigt troligtvis väl...

När jag kommer tillbaka till bordet är där avplockat och en karaff med vatten står på bordet. Jag häller upp ett glas till mig och sätter mig och väntar.

Jag suckar djupt och ser mig om. Där sitter astrala
människor vid flera bord.
De har olika färg på sitt glimmer. En är väldigt rosa.
Medan en annan väldigt svagt grön. Jag har hört
talas om auror, kan bero på den. De samtalar och
äter vid borden. Det är ett tyst sorl. Utanför de stora
fönstren skiner solen och där står flera som puttar
på den stora golfbanan. Att det kan vara ett nöje
då? Det står sju stycken på rad där och tar en boll i
taget, lägger på en peg och ställer in sig i position
och svingar iväg den. Sen nästa boll och åter igen
samma procedur. Vad ska det tjäna till då? Och vart
tar alla bollar vägen? Är det engångsbollar eller går
någon och plockar upp dem sen? Ja, inte vet jag.
Konstigt är det.
Gud kommer just in i salen. Han går med raska steg
fram till mig.
"Förlåt, har du väntat länge? Det blev ett
brådskande ärende jag var tvungen att hjälpa till
med." Säger han medan han sätter sig ner framför
mig och häller upp sig ett glas vatten.
När han ställer ner glaset frågar han om jag pratade
med Henrietta. Jag nickar.
"Bra." säger han bara.

"Det är som du säger. Jag kan inget göra åt det.
Men jag blev så ledsen och kände att jag ville träffa
dig med det samma igen. Du är den enda
tryggheten för mig här. Jag känner mig så vilsen."
Han nickar och lägger huvudet på sned och ler.
"En människas öde är egentligen ganska litet när
man ser till världsalltet. Men när man ser till just den

människan är det hon som är världsalltet. Allting har med perspektiv att göra.

Vi är ju fler som styr i Himlateamet. Styrelsen, vet du, jag pratade om förut. Och vi har ju rutiner för hur allt ska styras och skötas. Och även utverkat rutiner för alla tänkbara nödsituationer.

Men det hjälper ju inte människorna när de blir osams om vilken gud de ska tro på. Eller när de baktalar varandras gudar. Vad har de för perspektiv på det? Min gud skulle vara den enda rätta när det är flera miljarder människor idag? Hur ställer sig det perspektivet till världsalltet?"

Jag ser vad han menar. Så sjukt att vi människor är så egensinnade att vi tror att just det jag tror är rätt när vi faktiskt är flera miljarder människor. Jag fnissar till för mig själv.

"Berätta mer om himlateamet?" ber jag.

"Himlateamet, ja. Det är de som styr alltsammans. Som ett företag. Inget skulle fungera utan det. Jag vet faktiskt inte heller hur alla avdelningar sköts idag. Det har blivit stort vet du. Världen har blivit stor. Människorna har blivit många." Säger han och försvinner bort i sina egna tankar.

"Gudrun? Vad är hennes jobb?"

"Hon är min assistent. Och hon är också samordnare. Hon har rollen som spindeln i nätet, egentligen klokare än jag för hon håller reda på allting. Hon är absolut oumbärlig! Precis som kvinnan i de flesta familjer, säger han och skrattar. Pratar man om "Gud" så finns det ju förstås bara en men eftersom människorna har ordnat det med fler så har vi i styrelsen rättat oss efter det så att alla kan få sin del av det de tror på. Det spelar ju inte mig någon roll egentligen mer än att människorna blir osams om vad som är rätt och fel.

Det ger ju Gudrun mer jobb förstås, och inte spelar religionen någon roll, det är mer som olika avdelningar i ett företag. Religionerna behöver olika resurser och det ser de olika avdelningarna till att det flyter på så smärtfritt som möjligt. Under Gudrun kommer väktarna och det är de vi såg sitta i intagningscentralen. De sköter den första kontakten och leder allt vidare dit det ska.

Skyddsänglarna eller guider som en del kallar dem har ju alla människor. Minst en var beroende på var de är i livet, hur de lever. Hur mycket fara de utsätts för eller prövningar.

"Prövningar?" Säger jag.

"Ja precis. Livet är en utbildning, det pratade vi om innan. Är det svåra saker som ska läras in behövs fler skyddsänglar till hjälp och då får människorna det. Uppdrag, som dina föräldrar hade."

Jag nickar och förstår faktiskt.

"Jag kan inte gå in på det för det är konfidentiellt. De är ju även leverantörer och hämtare. När någon dör ska de hämtas och visar rätt. Allt sköts precis som ett företag."

"Ja, precis som ett vanligt företag. Jorden, himmelen och livet AB." Säger jag och Gud ler sitt faderliga leende så man blir varm i magen.

24

"Men det började i Laboratory of Universe. Och sedan tog evolutionen hand om det. Från bakterier till dinosaurier till apor till människor." Säger jag.
"Ja, typ så, ja, säger han och fortsätter.
"Det är ju inte bara en dimension utan flera. Det är Människor, sedan andar och sedan skyddsänglar och hjälpare. Över där kommer änglarna och sedan himlateamet. Och med allt detta finns jaget, som ni är som astrala. Allt detta går ihop som en väv. Inte lager på lager utan mer som ett trassligt nystan som går i varann."
"Aha, ja människorna finns egentligen i alla led. Och det började inte med Adam och Eva. De fanns aldrig utan det var en lång utveckling innan människans väg till Homo sapiens, som är dagens människor." Han nickar.
"Som ni ser ut nu har ni sett ut sedan ungefär 40 000 år sen. Mose var 1300 år före Jesus som kom för 2000 år sedan. Då ni började tideräkningen."
"Han är din son. Och du gjorde Maria gravid genom bara att tänka det, eller?" fyller jag i och skrattar.

Han sitter med armbågarna på bordet lätt framåtlutat och snurrar på glaset med båda händerna medan vi pratar. Nu stannar han upp i rörelsen, tittar upp på mig. Suckar ljudligt. Lutar sig bakåt. Ser sig om efter servitören. Får syn på honom och viftar till sig honom.

"Kan vi få en karaff vin och ett fat med småkakor, tack." Säger han. Servitören bugar sig och backar bort.

"Jesus har aldrig funnits? Säger jag, han är påhittad. Som Rödluvan och vargen. För människorna behövde något att tro på så då hittade de på honom. En som skulle komma och ta bort allt ont. Visst?"
"Hahaha, nä, inte riktigt som Rödluvan är han väl inte. Jesus kan visst ha levt. Men kanske inte riktigt som historieskrivarna har gjort honom till då." säger Gud och skrattar.
"Tänk, vad konstigt! Det kunde jag nästan räkna ut med att det inte var så. Att du inte är far till Jesus, och Maria fick ingen jungfrufödsel."

Vår trotjänare kommer in med vinet och kakorna. Snarlika kakor som vi njöt av tidigare. Rosa med små blomblad på. De blå nu med små förgätmigejblommor. Lila med violer. Han häller upp vin i våra glas och bugar sig och går iväg.
Jag sitter tyst och väntar på att han ska börja berätta igen.
Han tar en djup klunk och lutar sig bakåt med en kaka i varje hand.
"Det var en gång... börjar han. Ser på mig och skrattar. Ja det känns nästan så som han ska berätta en saga nu. Väldigt spännande, förväntansfullt.

"Det finns många olika religioner, som vi sagt redan.
För dig gäller ju kristendomen.
Judendomen, Islam, Hinduismen, är väl de största.
Sedan finns det hundratals mindre med. Och alla
har sina frontfigurer. Som Jesus. Profeten
Mohammed till exempel. Och alla har sitt namn på
sin gud. Gud, Profeten Muhammed, Allah. Eller hur,
du hänger med?"
Ja, det gör jag så här långt.
"Det är människorna som delat upp detta, Inte jag
eller vi i styrelsen."

"Religionen har funnits lika länge som det funnits
människor. I början såg människorna det andliga
omkring sig. I Solen och månen. I natten och dagen.
De såg det andliga i vattnet, i elden, i jorden och i
luften. Man började offra till vattnet för att det skulle
regna. Till luften för att det skulle mojna när det
stormade. Till elden för den skulle värma men inte
förstöra.
"Det låter väl jätteklokt!" Säger jag och Gud nickar.

"Och alla religioner har ju flera gemensamma
nämnare.
 Alla tar upp skapelseberättelsen. Hur världen
skapades. De stora frågorna om livet, vad
meningen med det är. Vad som händer efter döden.
Varför människan är på jorden.
Kärleken. Den finns i allt. Det största. Kärleken till
sig själv, till sin nästa. Och till naturen och allt
omkring oss." Jag nickar för jag förstår så väl hur
han menar.

"Alla har riter. Eller traditioner som en del väljer att kalla dem.

Förr var det midvinterblot, man offrade och bad om milda vintrar. Och så vårbloten. Då männen strödde sin säd för att få bättre skördar.

Senare kom Dopen, bröllopet, begravningar. Gudstjänsten eller mässan är också en del av de riter och traditioner som religionerna har. De flesta har även en helig skrift."

"Bibeln, koranen vet du.

Och alla tjänar det syftet att människorna känner en samhörighet i sin religion. Alla religioner för ju på det viset något gott med sig, eller hur?"

"Jo, det gör de. De för samman människor. Det förstår jag." säger jag och smuttar lite på vinet.

"Sen kommer det ju sorgligt nog smolk i bägaren. Människor som skor sig och vill skapa makt och tjäna pengar på allt de kan. Man ändrar lite här och lite där. Ändrar en siffra i bokföringen så har man vips tjänat en slant istället för att ha förlorat den. Inte sant? Det vet vi alla att det händer. Det står i tidningarna varje dag nu för tiden med. Men det är ju inget nytt. Det har ju alltid varit så."

"I stentavlorna skrevs in sådant som skulle passa in för dem då. Ormarna.

Det har alltid funnits ormar i paradiset. När de började skriva ner de heliga skrifterna gjordes samma sak. Det ändrades lite här och lite där.

I början var det mest kvinnor som skrev. Kvinnorna var de viktigaste, de som födde barn, som samlade mat, som höll ihop familjerna, klanerna.
Ofta var det en kvinna som var "boss" i samhället som fanns då.
Med kyrkan kom männen, de började smutskasta och nervärdera kvinnorna. Vilket fortfarande görs i vissa kulturer än idag, konstigt nog..." Han försvinner i sina egna tankar en stund och jag hinner tänka efter. Så mycket man hör om kvinnoförnedring och hur lågt kvinnor står i vissa länder. Hur flickor gifts bort alldeles för unga. Fortfarande...som barn, hur de legaliserar pedofilerna.

"Det fanns många predikanter och profeter som var ute och pratade om den kommande Messias som skulle komma. Han, förstås en man, skulle vara svaret på allas böner om ett bättre liv. De fattiga ville ha det bättre och de rika ville ha det ännu bättre. Många av dessa talare kallade sig olika namn. Som Guds son, Människosonen eller Guds profet. En del som skrev förvanskade det med vilja medan andra saker blev missuppfattade under åren som gått och för varje gång skrifterna skrevs om. Nästan allt är nerskrivet från hörsägen och du vet hur rykten går. Från att ha stukat foten kan en människa snart ha brutit flera ben i kroppen när det går från mun till mun."

"Så du menar att Jesus inte är din son då?"
"Min son, min dotter… Alla borde kunna kalla sig
Guds barn, inte sant? Det är ingen lögn att kalla sig
för det.
 Men att säga att jag skulle vara biologisk fader och
idag kunna kräva ett DNA, nej, det går inte vet du. "
" Det fungerar inte. Det skulle ju aldrig gå, vet du.
Och om det hade gått med tankekraft att göra
någon gravid, ja, då tror jag att det hade
missbrukats mer än vad det hade varit glädje med
det.
 Men, att de kan säga att Gud gjorde en vanlig
kvinna gravid är det ultimata för att göra Gud
mänsklig. Att göra mig till något alla förstår.
Att man kan förstå något som är som en avbild av
sig själv, är inte så svårt."

"Kärlek. Det största av allt är kärleken. Guds kärlek
till människorna. Till världen, till sin skapelse som
sedan utvecklades genom mutation där kärleken
fanns kvar. Den försvann inte genom alla
förändringar. Kärleken är beständig." Säger han
stolt och ler.
"Vi kommer ju åter till detta att kärleksakten, eller
sexet som ni säger är något väldigt vackert och stort
som människorna har fått som gåva.
Att som kvinna och man kunna sammansmälta till
ett och att i det skeendet skapa nytt liv. Att mannen
tömmer sin säd som ett offer till kärleken i kvinnans
livmoder och i detta ögonblick skapa ett nytt liv."
 Det, ska aldrig kunna missbrukas. Det är det
vackraste vi någonsin skapat."

Han lutar sig bakåt. Han är tagen. Pratar man om sex på detta sätt kan till och med jag förstå att det kan vara något vackert.

"I det förstår man var namnet livmoder kommer från." Säger jag.

"Liv. Moder. Moderlivet. Ja, visst är det vackert! Det är det vackraste som finns detta. Ett nytt liv." Säger han och lutar sig bakåt.

"Men livet är ingen gåva. För en gåva ska man vårda. Och bara för att man föds finns det ingen som kan kräva att man ska vårda sitt liv. Man får väl ta eget ansvar hur det blir när man blir vuxen, tänker jag, att skylla sina föräldrar på en dålig barndom det kan man ju göra. Men att skylla sitt vuxna liv på dem, det tror jag inte, för alla har väl möjligheten att göra något av sitt liv. Det är i allas intresse väl?" säger jag.

"Ja, det har jag nog inte tänkt så, man tänker ofta att livet är en gåva, men egentligen tror jag du har rätt i det. En gåva är något man får på ett sätt, livet kommer ju bara till en. Ja, så kan man verkligen se det. Och det sätter ju också livet i sig i ett annat perspektiv."

Åh, Gud håller med mig! Coolt!

25

"Grundtanken med skapandet och alla religioner är ju enastående. Helt outstanding! Att någon, eller några ens har kunnat komma på idén är fantastiskt! Men var gick det fel?" Undrar jag.

"Gick fel? Vad menar du?" Säger han och höjer ögonbrynen och ser på mig.
"Människorna är inte alls så där goda som jag tror du tänkte att de skulle vara. De flesta är egoister. De startar krig. Barn svälter!
 Det finns få rika medan hela befolkningar lever under otroligt hemska förhållanden. Föräldrar säljer sina barn! Alla dessa pedofiler! Utnyttjar små barn som inte kan säga ifrån.
 Människor dödar varandra för en spottstyver. Vissa för att det är kul. Barn dör! Kvinnor våldtas och förnedras! Hur kan ni tillåta något sådant?
Kvinnor stenas till döds för de blivit gravida när de blivit våldtagna!? Vad fan är det??
 Hur kan ni sitta här och inte göra någonting åt världen som den ser ut idag? Var i helvete är ditt jävla paradis på väg?"
Jag är upprörd så jag skakar. Trycker in en kaka i munnen för att få tyst på mig själv. Här sitter jag och svär åt Gud fader. Jag tar flera klunkar vin och fyller upp ett glas till åt mig.
Jag håller glaset kvar i handen, lutar mig bakåt och ser på honom.

"Förlåt, säger jag, men jag blir så upprörd när barn far illa. Och det var det som slog mig när du pratade så fint om sex och att liv skapas så. Vad är detta för värld att skapa nytt liv till över huvud taget? Det var då jag tänkte att det inte kan ses som en gåva..."

Han ler sitt faderliga leende igen. Men den här gången blir jag nästan förbannad. Tror han att han kan komma ur detta genom att le? Jäklar vilken smilfink han är!
Han lyfter ögonbrynen igen och jag kommer på att han ju läser mina tankar.
Oopps... jag rodnar men tänker ändå inte ge mig. Jag vill veta vad han och hans sabla styrelse tänker göra åt det här.

"Intentionen var god när vi skapade, jaa. Men allt det onda som finns idag har utvecklats från de första gångerna människan kom på att sko sig som jag sa. Kärlek går vidare i generna, så även girighet."
Girighet. Egensinnighet. Orättvisor. Egoism. Jaget! Vissa människor har ett så stort Jag att de inte ser utanför sin egen gräns."
Han blir tyst en stund, kliar sig i skäggstubben. Ser på mig som han undrar om jag förstår.
"Människan utvecklades med en egen vilja för att inte vara marionetter, eller hur?
De ska kunna bestämma vad de vill göra med sina liv. Vilka vägar de ska gå. Sen blev det fler och fler människor. Det byggdes byar, det byggdes städer. Det bildades grupper av människor som höll ihop.

Människorna måste samarbeta för att få sina boplatser att fungera tillsammans. Det var en trygghet. Både mot rovdjur och andra människor som de inte kände. Det blev en misstänksamhet mot andra grupper.

Sedan kom avundsjukan. En grupp hade byggt sin boplats på en bättre plats. De hade kanske renare vatten, eller ett tryggare ställe mot rovdjur. Då försökte man få bort den gruppen och överta deras plats. De första krigen var ett faktum."

"Detta har sedan eskalerat. Utvecklats, förfinats. Några människor skapade krig som sin uppgift. De började bygga vapen. Det ena värre än det andra. De gjorde det till sitt kall, sitt yrke. Detta förklarar en del.

Sedan har många krig berott på att folk inte kan samsas om sin tro. De träter om sina gränser till sina områden, till sina länder.

Det här lever kvar sedan de var primater, dinosaurier. Revir som djuren har idag fanns ju i den grenen som blev homo sapiens med. Detta är så primitivt nedärvt att de fortfarande har revirtänkande. Man har sitt land, sin stad och sin trädgård.

Många människor har inget revirtänkande kvar därför har de svårt att förstå detta med gränskrig. Medan för andra är det solklar anledning till att döda varandra."

26

Han äter kakor igen.

"Kan vi gå en runda till?" frågar han.

"På banan? Säger jag. Ska du spela golf nu?"

"Ja, tack, säger han och ler. Vi pratar så bra då."

Jag fattar ingenting. Vi pratar om världens undergång och Gud ska spela golf.

Jag dricker ur mitt glas, tar en kaka och reser mig upp. Vi går ut och solens värme känns ändå lättande och befriande i det tunga samtalsämnet. Hans golfvagn står kvar där jag ställde den och jag vet nu min uppgift att dra den. Han drar på sina handskar och går iväg före. Det ger lite tid att fundera och smälta det vi pratar om. Vilket för mig egentligen bara leder till mer frågor.

 Han stannar på utslagsplatsen och ser ut över vidden till första hålet han tänker ta nu. Jag står strax intill och ser ut jag med. Det är enormt vackert. Gräsmattan sträcker sig så långt jag kan se. Den är så väl ansad att den ser ut att vara klippt med nagelsax i kanterna. Det är dungar med träd som ger ett böljande landskap. Bortanför skimrar bergen i rosa och purpur. Himlens blå går över och ihop med horisonten. Här kan jag se hans paradis. Här kan jag se hans trädgård där vi bara skulle vara lyckliga. Jag kan till och med känna en strimma av lycka här där jag står just nu. Jag ler. Jag kan inget annat. Känslan värmer min mage, mitt hjärta och jag känner mig levande. Nästan som att vara kär.

Kär i mig själv. I mitt liv. Att jag får vara här är en ynnest.

Tills jag kommer på att jag är ju död.
Men? Det är jag ju inte. Jag är ju jag. Detta är ju jag!
Att jag sedan var i en kropp vars liv tog en knepig vändning så jag kom ur den fortare än tänkt borde jag ju bara vara glad över. Det borde jag ju vara lycklig över. Det, om något är väl att glädjas åt? Det är ju detta som är jag! Det är bara nu jag kan vara precis mig själv.
Jag vet inte hur länge detta kommer vara. Var jag ska härnäst. Jag vet ingenting. Men just nu har jag chansen att lära mig från Läromästaren himself! Otroligt, va!?

Jag känner att han ser på mig. Han står och ler, med klubban i handen. Nickar och frågar "Ska vi fortsätta?"
"Äh, ja, javisst." Jag har varit i mina tankar att jag inte ens märkt att han fått iväg bollen. Jag tar emot klubban och stoppar den i vagnen och så går vi vidare. Jag börjar bli van med att han vet vad jag tänker.

"Varför skapas liv som ingen vill ha? frågar jag. Jag menar så många barn som föds som inte är önskade, inte välkomna, som ingen kan ta hand om.
"Jaa du, om vi kunde styra över sådant skulle vi göra det. Men vi kan tyvärr inte vara med eller peta i allting. Människorna är ju egna individer. De har egen vilja och med det eget ansvar för sig själva. Vi

borde kunna ta ansvar för varje individ, men tyvärr
så hinner vi inte med."
Det är sorgligt när barn föds oönskade... då är
preventivmedel bra.

"Men hur kommer det sig att människor kan döda
varandra då?"
Han stannar till och ser på mig. Kliar sig i
skäggstubben.
"Med allt hat och egoism, girighet är det så
konstigt?" Nä, egentligen inte.
"Egentligen ska jag inte säga dig detta men... Du
tog ditt eget liv. De flesta människor är för fega eller
för rädda eller förstår helt enkelt inte varför de har
sådant hat i sig. Så de går ut och dödar en annan
människa. För det är så mycket enklare att döda
någon annan när man är full av hat än sig själv.
Trots att det är sig själva de flesta är fulla av hat till."

"Vad menar du?" Säger jag och känner hur glimret i
hakan trillar ända ner till fötterna.

"Mm. Visst låter det bisarrt. Men det är lättare att
döda en annan människa och svårare att döda sig
själv."
"Sen får man sätta lätt och svårt i perspektiv till
varandra. Graden av lätt och graden av svårt.
Sätta döda i perspektiv till något annat går nog inte.
Låta Leva?
Det är lättare att hata en annan människa än sig
själv.
Det är lättare att se andras fel än sina egna.

116

"Men jag tog ju inte livet av mig för jag hatade mig själv. Jag orkade inte med den här jäkla skitvärlden längre. Det var ju därför!"

"Varför hatade du denna skitvärld? Hade du ens sett hela världen? Nej, du hatade det liv du levde. Den skitvärld som du hade skapat som ditt liv. Och du hatade dig själv för att du inte ens orkade ta arslet ur vagnen och göra något åt det!
I slutänden hatade du dig själv och strongt gjort gjorde du slut på ditt än någon annans. Du borde sökt och fått den hjälpen du behövde naturligtvis! Men du kunde lika gärna satt din första pojkvän, en torsk, en hallick som skuld till allt ditt helvete och dödat honom. Om du nu var tvungen att döda någon!"

Han har helt rätt. Jag har hela tiden satt mig själv i skampålen för allt ont som hänt mig ända tills den dagen jag tog mitt liv. Mamma dog från mig. Pappa, mormor och morfar lämnade mig ensam och övergiven. Min första och enda pojkvän våldtog mig. Skammen för det han gav mig drev mig in i drogerna och dimmornas värld. Allt detta tog jag på mig själv. Att de gjorde MIG illa, var det mitt fel? Det kan det väl inte ha varit?
Det var kanske inte andras fel helt och hållet. Men en del var andras fel!
Ändå såg jag mitt liv som en satans parodi. Att det var jag själv som var clownen som hade huvudrollen. Att jag var ett stort jävla skämt som inte var värd att leva. Inte ens ett sånt skitliv. Jag borde vara död tänkte jag.

Jag kunde ha gjort valet efter våldtäkten som han
sa. Ringt polisen och anmält dem. Använt
kunskapen att hjälpa andra flickor i samma
situation.
Mamma lämnade inte mig, hon dog för hon var sjuk.
Det hade ingenting med mig att göra.
Det var inte mitt fel att livet blev som det blev.

27

"Så du menar att om folk tog livet av sig själva så skulle det inte finnas några krig då?"

"Självmord är det hemskaste man kan göra egentligen. Skada sig själv. Alla borde bli sedda och få hjälp naturligtvis men vad tror du?"

"Om någon blir förbannad att en annan har gått över gränsen till min boplats, om vi nu går tillbaka till grunden där krig började, så dödar jag inte den utan mig själv?" Säger jag och fattar ingenting.

"Haha, så var det inte riktigt, väl! Om någon går över gränsen till min boplats kan jag välkomna den och berätta hur vi lever här och vilka vi andra är som bor här."

"Men om någon stjäl något för mig då? Ska jag döda mig själv då med?"

"Nu får vi gå in i grundtanken med livet. Att grunden till livet är kärleken. Att älska varandra och vara rädda om varandra, njuta av det vackra i trädgården. OK?"

Jag nickar.

"Men om någon stjäl en sak för mig får jag väl först sätta det i relation till vad det är. Och sedan ställa den andre till svars. Men behöver jag döda någon för en sak? Materiella saker har tagit alldeles för stor plats för människorna.

Om vi tar det där med Adam och Ewa i lustgården. En bra liknelse av att stjäla. De tog ett äpple utan lov. De ställdes till svar och fick ta konsekvensen av sina handlingar.

Om alla människor förstår att det blir konsekvenser av mitt agerande. Att jag kommer stå till svars för mina handlingar skulle folk stjäla över huvud taget då?"

"Kanske inte, de kanske skulle tänka sig för en gång till i alla fall. Men det är ju av girighet som folk stjäl. De vill ha något som någon annan har som de vet att de aldrig kan få."

"Där kommer vi åter tillbaka till girigheten och avundsjukan."

"Det är djävulen! Det är han som satt de här sakerna i människorna? Jag har alltid varit rädd för honom."

"Nej! Nejnejnej... det finns ingen djävul! Det är bara skrämselpropaganda från ormarna i paradiset! Skapat enbart för att människorna ska lyda kyrkan."

"VA! Vad menar du? Klart det finns en djävel och ett helvete. Finns det något gott måste det väl finnas något ont."

Han ser på mig, lägger huvudet på sned och säger, "Måste det? Det behövs väl inte. Varför kan inte allt vara på gott?

"Finns det god mat måste det finnas äcklig? Finns det bra bilar måste det finnas dåliga? Det vore väl farligt..."

Han rycker på axlarna.

Men det är ett bra sätt att få folk att lyda, få människor att göra som man vill genom att hota med att de kommer att brinna i all evighet i helvetets ugnar! Det håller jag med om till viss del. Men jag tror ändå det är lättare att locka med belöning än med straff."

Så djävulen finns inte alls? Finns det inget helvete heller?"
"Nää, säger han och skrattar. Tänk dig alla gruvarbetare, vad rädda de skulle vara varje gång de spränger nytt då."
Han skrattar så det mullrar igen.
"Men är alla piloter rädda när de flyger då? Att köra på en ängel?"
"Men vi finns ju inte i himmelen på det sättet. Det är ju en annan dimension det här."
"Kan väl helvetet också vara. Vad är det som säger att ni ska ha rätt till det och inte de?"
"Jajaja, det har du visserligen rätt i men nu är det inte så. Det finns ingen djävul och det finns inget helvete. Det är ett helvete redan på jorden för många människor och då ska de få det gott när de kommer hit. Och alla kommer hit! En del ett längre tag, en del ett kortare tag. Men alla mellanlandar här.
Det som vi kallar Himlateam finns här men det finns inget "under-jorden-team".

"Det stämmer det du säger, säger jag, att det är bättre med belöning än med straff. Det är så med barnuppfostran med. Att berömma och ge belöning ger mycket mer än ett straff som bara ger bitterhet och faktiskt hat."

"Men du säger, fortsätter jag, att alla kommer till himmelen när de dör. Då tänker jag på mördare, pedofiler och sådana skitmänniskor. Kommer de också hit? Är de värda en belöning som de burit sig åt?"

"Det är väl det som är det fina i kråksången. När man burit sig åt, så fruktansvärt illa åt som vissa människor faktiskt gör, så kommer de hit. Och här får man ju göra kall på sitt gamla liv. Här får de se konsekvenserna. Då kommer de till "ormgropen" som vi kallar den för. Alla kommer till inskrivningen, i stora sambandscentralen där vi var. Och därifrån slussas alla vidare dit de ska. Några går direkt vidare till nästa liv medan andra behöver mer tid på sig.

De som kommer till ormgropen får som du fick göra fast du inte skulle, se sin livsfilm. De får en kurs i empati och sympati. Och de får känna på riktig kärlek. Sedan utsätts de för ett test och beroende på resultatet i det väljer vi deras nästa liv."

"Finns det någon som inte klarat det? Som ni fått döda eller vad man ska säga?"

Han ler, "nej, det finns det inte."

"De som lärt sig allt blir ju kvar här tills de får uppdrag som skyddsängel eller guide, som en del kallar dem."

Säger han och tar fram en boll och en klubba för att slå ett slag till.

"En del tror att detta är något nytt och kallar det New age, men jag skulle vilja kalla det old-old age.

Alla människor som föds får en skyddsängel som följer dem hela livet som jag sa förut."

"Hade jag det med? Vart var den?"

"Ja, den var väl där någonstans, vissa människor är så starka eller avtrubbade att de inte märker den. Du märkte väl aldrig din ängel."

"Jävla skit..."

"Jo..."

"Men din ängel fick jobba för din skull många gånger ändå. Du levde på gränsen många år innan din tid verkligen var ute."

Han slår iväg bollen och vi går iväg mot den.

"Men de där som mördar och våldtar, vad blir de i sitt nästa liv då?"

"Olika saker, någon har fått bli munk, någon fick 12 barn och blev änkling tidigt, en fick bli offer för en annan massmördare."

"Hitler?"

Han spänner ögonen i mig.

"Tystnadsplikten!"

"Hm, jag tror han blev jude i sitt nästa liv. Fast det är ju inget straff, men jude och krympling. Med krokiga värdelösa ben och puckelrygg. Blind och döv. Och jäkligt ful." liksom tänker jag högt.

"I know nothing" säger Gud allvarligt.

"Hihi, jag tänker på alla satanister, vad dumt då!"

"Mm, som alla ateister, jag finns ju!" säger han och vi skrattar båda två.

"De som inte tror på ett liv efter detta då? Hur gick det för dem nu igen, då?"

"Han stannar och ser på mig. "Ja, det är ju inte alla religioner som tror på reinkarnation, och då får det ju vara så."

"Dör de bara och blir liggandes i jorden?"

"typ…"

"Jaha…"

"Haha, nej jag skojade, de blir långa i ansiktet när de väl kommer till incheckningen!"

Jaja, Gud har humor…

"Du sa med att mycket bottnar i avundsjuka och girighet. Det går liksom hand i hand.
Har man avund så kommer ju girigheten."

"Ja, precis, avundsjuka och girighet är något som människorna skapat själva ifrån sin egen vilja. Att vilja ha mer av det jag inte har. Det kan liknas som att bli ormbiten. Giftet sprider sig i kroppen och förgiftar deras klara tankar som från början var av kärlek."

"Varför skapade du ormar! De är vidriga. Äckliga och jag är livrädd för dem!"

"Jag skapade inte ormar. Jag skapade livet i en bakterie sen har allt utvecklats genom evolutionen. Kommer du ihåg?"

"Javisst ja. Det var maktgalna ormar som skapade allt skit på jorden redan för tusentals år tillbaka. Är det snart dags att skicka en meteorit till hela skiten då? Krasch boom bang igen. Då allt dör."

28

Han puttar med foten på sin boll som han ska till att slå ut. Han böjer sig ner och lägger den tillrätta igen. Han ställer sig i position, gungar med kroppen och så slår han ut bollen med en hård sving. Reser sig i sin fulla längd och ser efter bollen när den slår ner ett par hundra meter bort.

"Så där menar du?" säger han samtidigt.

Jag ser också efter bollen hur den lyfter sig i en hög båge mot skyn innan den dras ner mot jorden igen och slår i marken. Studsar till och rullar en liten bit innan den stannar och ligger helt stilla.

Det blir helt tyst omkring oss. Inte ens vinden hörs. Inga andra golfspelare syns till. Ingen fågel kvittrar. Himlen har fått en dovare nyans. Det känns som skymning. Jag ryser.

Det vore inte försvarbart att ta död på hela skiten. Utplåna allting. Det skulle inte gå att göra det med vilja. Inte för någon. Inte hur stor makt man än har så kan man göra något sådant. Aldrig.

"Men varför är det så orättvist? Vissa svälter medan andra frossar sig till döds.

Det finns människor som aldrig upplevt annat än krig. Det finns barn som aldrig fått äta sig mätta någon gång. Ju mer jag tänker på det stora, hela världen och så menar jag, så känns mitt eget lidande så futtigt. Men då var det förbannat jobbigt, det säger jag."

"Mm, om man sätter perspektiv på ditt lidande i förhållande till många andra kan det förstås kännas futtigt men om du sätter ditt lidande i förhållande till att du är ditt liv, du är ditt universum. Då var ditt lidande enormt.

Men orättvisa är en annan sak. Det är troligtvis det enda jag inte kan förklara ordentligt för jag har svårt att förstå det själv.

Man kan sätta orättvisa för så mycket. Vi får försöka bena ut det, lite i taget. Vi tar några exempel."

Vi börjar gå igen mot nästa utslagsplats. Han med händerna på ryggen och jag dragandes på min vagn.

"Syskon kan tycka det är orättvist om den ena får nya skridskor. Men om han behövde nya och den andra inte. Är det orättvist då? Eller bara rättvist efter behovet?

Men om en får mat varje dag och den andre bara varannan då är det naturligtvis orättvist. Alla har behov av mat varje dag.

En del får vi skylla på evolutionen. Vore det rättvist skulle det regna var tredje dag året om på hela jorden. Då skulle det finnas vatten till alla och alla skulle kunna odla det de behöver. Nu är det inte så. Nu finns det platser som det är torka på flera år i taget och självklart kan det då te sig orättvist att det ingen mat finns.

126

Sedan har vi då andra delar av världen där det regnar så de kan samla vatten till alla dagars behov. Där kan de odla mängder med ätbart. De odlar så det räcker och blir över. Då skickar man iväg maten till andra ställen.

Vad, bra, kan tyckas men de platser som det är torrt i flera år i streck kan inte köpa i alla fall för de har inget att odla och sälja. Då har de inga pengar och de blir utan mat från de ställen där det finns vatten och där de odlar. Så då svälter de i alla fall. Och de som odlar massor med mat slänger hellre maten än att ge bort den till dem som inga pengar har. Och då min vän! Har vi åter kommit tillbaka till att orättvisor bottnar i girighet. Som så mycket annat! "

29

Vi är framme vid nästa utslagsplats. Han väljer klubba och jag sätter mig ner i gräset. Tar ett grässtrå och tuggar på det. Tankarna virvlar som glimmer i huvudet på mig. Han har ändå ett så lätt sätt att förklara så man tycker ju att människorna är så otroligt dumma som inte begriper att så här är det ju! Varför gör de saker och ting så svåra? Varför gör de saker och ting till så stora bekymmer? Vi har ju båtar och lastbilar. Det är väl bara att skeppa iväg allt till dem som behöver. De som har mest pengar får betala för dem som inga har. Den dagen vi dör är vi ju bara ett glimmer i alla fall. Alla är bara ett glimmer.

Här på golfbanan ser man inte vad människor har varit eller gjort när de levde. Här går människor i väntan på nästa ronda i livet. Några människor sparar på frimärken och andra på pengar. Haha, jag skrattar till för mig själv.

Spara på pengar. Alla ser de ju likadana ut. Frimärken är ju olika. Vissa med blommor, några med kändisar på och några med ja, vad som, kan det ju vara. Men pengar ser ju likadana ut! Vad är det att spara på då?

Sånt där förstår inte jag alls. Jag kan ju förstå att man sparar till hyran. Till de där byxorna, för ingen vill ju gå byxlös. Eller inte naken, menar jag. Men att spara pengar för att kunna säga att jag är miljonär! Vad är nyttan med det? Jag kan äta mig mätt. Det kan jag göra utan att vara miljonär med. Fast vem är jag att förstå sånt där? Bara en simpel hora från en liten skitstad i ett land som producerar mat som vi slänger bort. Som producerar kläder och tv-apparater som slängs på ett sopberg som snart är större än vår stad.

Jag har varit prostituerad och jag har ätit mat varje dag. Varje dag har jag haft en jacka att ta på mig. Varje natt har jag haft en säng att sova i. Just nu skäms jag för det. Jag önskar att jag tänkt så här medan jag levde. Då kunde jag kanske ha gjort något för någon. Nu är det för sent. Nu är allt för sent. Jag känner hur tårarna kommer. Hur mitt glimmer börjar darra glimrande. Jag är ledsen och jag skäms att ha gnällt och klagat inför Gud. Jag förstår nu så väl att det inte fanns någon ångervecka för mig.

"Självömkan. Kallas det där du håller på med nu." Säger han bakom mig.
"Ja, kanske det men jag tycker det är så dant." Säger jag och vänder mig om.
"Jag anser ju att du gjorde något bra när du gav kärlek till dem som ville ha. Och de var rika nog att betala för det så de gav en sämre ställd människa råd att äta. Vilket var väldigt bra!
 Man får inte se allt så stort när man bara är en liten människa. Du gjorde vad du kunde för din skull. Sen får de som har mer pengar och mer makt göra det de kan för de andra. Sen måste alla gå ihop och göra det bästa av det de har. Lära sig att dela med

sig. Inte spara på hög bara för att få mer och mer och det som egentligen inte gör dem ett dugg mer lyckliga.

Det är när man delar med sig av det man har som man blir som lyckligast. Att glädja andra är stort. En stark upplevelse är ju ännu mer värt om man får dela den med andra eller att man i alla fall fått berätta om den.

Jag kan inte heller göra allt själv! Absolut inte!
Vad vore jag utan Himlateamet? En allsmäktig Gud
som trodde han kunde sköta allt själv bäst på gott
och ont? En ensam Gud som ställer och styr och
säger till människorna att lyda annars kommer de till
helvetet?

Då skulle jag allt vara bra enfaldig att tro att varelser
med egen vilja skulle lyda mig i vått och torrt.
 Det fantastiska med människan är att de har den
egna viljan till att ta ansvar för sina egna liv.
 Att de vill skapa något själva av det de har. Av de
resurser som de har fått. Att varje varelse är unik.
Alla är olika med sin speciella egenskap. Det är väl
otroligt och helt fantastiskt!
 Om alla verkligen gjorde det de var bäst på, ingen
ljög och ingen stal eller slog någon annan skulle
världen säkert se helt annorlunda ut idag än vad
den gör. Det är i alla fall jag tillräckligt klok eller
enfaldig nog till att tro."

Det finns bara två saker vi måste göra i livet.

Ett Val – Vi måste välja vilken väg vi ska gå

Och dö – Ingen kommer härifrån levande -

Alla kommer till himlen när de dör

för helvetet

Det har vi här på jorden

Amen

Tack för att ni tog er tiden att läsa, felen ni finner är mina. All fakta kommer från Bibeln, Wikipedia och mitt eget huvud. Och där kanske inte allt står rätt till, men hoppas i alla fall ni haft en trevlig läsning och kanske fått något att fundera vidare på eller rent av ett och annat svar.

Med vänlig hälsning och mycket kärlek

Mia Möller